哈福

\躺・著・背/
韓語單字
2000

躺著聽・躺著學・輕鬆溜韓語

附QR碼線上音檔
行動學習・即刷即聽

朴永美・林大君 ◎合著

躺著聽、躺著學 韓語流利脫口說

　　無論哪一種語言，不管是對話還是閱讀，都必須先了解單字的意思，才能理解別人的語句、看懂文章的內容，進而順利達到溝通的目的。具有豐富的詞彙基礎，才能幫助你突破閱讀及溝通上的障礙。

　　要學好韓語，必須從單字學起來，句子是由單字所組成，學單字就是學習語言的重要過程；累積詞彙，就是成功學好語言的重要關鍵。

　　你是不是常用這樣的困擾：

　　7000 單，10000 單，背了又忘，忘了又背，老是背不起來。其實 ---- 你可以不用那麼累。你真的可以躺著學，輕鬆說。2000 單，就可以流利脫口說了。

　　緣此，本書精心收集了韓國人日常生活中，常用的各類型 2000 個單字，內容依場面分類，囊括了食、衣、住、行、育、樂，簡單而實用的單字。中韓對照，兼具辭典功能，不僅是初學韓語的最佳教材，方便讀者隨時自學，也是韓語初級、中級檢定必備工具書。

　　想要追劇、觀光、留學、經商、求職、上班，或是學習第二外語，提升個人競爭力，這本韓語單字書，絕對是學習韓語、累積韓語單字、提升韓語能力的不二選擇。

　　書中的單字，都標註有韓國當地，教外國人學習韓語時，使用的標準羅馬拼音。因此用這本書學習單字，彷彿置身韓國當地的語言學習中心，讓您不用出國，就能學到正確的韓語發音，體驗有如留學韓語的水準。

　　本書集單字、發音、聽力，密集特訓於一書。從韓語發音和子母開始介紹，讓您從頭開始學起，每個子音和母音都有羅馬拼音規則解說，並列表對照，方便學習，一目瞭然，一看就懂，一看就會唸，快速紮好學習韓語的根基，進而流利開口說韓語。

　　此外，書中還收集了各種韓國的相關資訊，如：傳統美食、民俗技藝、地形、氣候、韓國現況、教育制度等豐富資訊，在學習單字的同時，吸收韓國的相關訊息，不但能對韓國有進一步的了解，還能增加學習韓語的樂趣，加深對單字的印象，提升學習韓語的效率。

　　由韓國老師錄製而成的線上 MP3，隨時隨地，做聽力練習，邊聽邊學，將提升您的學習效率，達到事半功倍的良效，本書將幫助您成功學會韓語，讓你一開口就是純正道地的流利韓語。

　　感謝韓國觀光公社台北支社所提供的各項資料。

二 일용품편 日用品篇　　51

發音篇

● 韓語的發音

韓語和日語有很多相同的地方，由於受到中國以及西方的影響，在韓文當中會出現漢字和外來語。此外，在會話中也有尊敬語的使用，詞與形容詞則有語尾變化等。

韓語是阿爾泰語系的一種，文字屬於拼音文字。國語的注音僅有表音的功能，沒有表義的功能，而韓文所拼出的音，就形成一個國字。例如：

國語注音：【ㄒㄧㄠ】，我們知道它的發音，但不知道它是指哪一個【ㄒㄧㄠ】，而且這三個音也不是一個字；但是韓文的：「ㄴ」音【ㄋ】，加上「ㅏ」音【ㄚ】，就形成「나」音【ㄋㄚ】這個字。

所以，要學會韓語，就必須先學會韓文的拼音方式，以及拼音字母有哪些。只要掌握這些學習技巧，就算你不認識這個字，也能讀出它的音。

由於韓語是拼音文字，所以，想要學好韓語，就要學好它的發音以及拼音方法。本書內文的羅馬拼音部分，是採韓國最新的標準羅馬拼音方式，讀者可參照線上 MP3 中，老師的發音示範，學習正確的發音，學習效果會更好。

此外，必須加強說明的是，韓語的子音是無法單獨發音的，子音在發音的時候，必須藉由母音的輔助，才能發出子音的正確發音，就像媽媽帶兒子一樣。也因如此，這些音節才會被稱為「子音」。

為了幫助讀者順利的學習，以及瞭解子音的發音方式，線上 MP3 中的示範老師在發「子音」的音節時，統一利用了母音中的「ㅡ」音來輔助子音的發音。

● 子音發音介紹表

MP3-02

子 音	羅馬拼音規則解說	舉 例
ㄱ	在詞首 (第一個單字的第一個字母) 時，發音 k，其餘 g。	고기 <u>k</u>o gi 牛肉
	k 後面接 l、m、n 音時，變音 ng。	문학류 moon han<u>g</u> nyoo 文學類
ㄲ	發 gg 的音。	꽁치 <u>gg</u>ong chi 秋刀魚
ㄴ	發 n 的音。	녹차 <u>n</u>og cha 綠茶
	前、後接 l 音時，變音 l。	실내 si<u>l</u> <u>l</u>ae 室內
ㄷ	在詞首為 t，其餘為 d。	동전 <u>t</u>ong jeon 銅板； 싸다 ssa <u>d</u>a 便宜
ㄸ	發 dd 的音。	딸기 <u>dd</u>al gi 草莓
ㄹ	發 l 的音。	레몬 <u>l</u>ei mon 檸檬

	若前面的尾音（字母的最後一個音）是 b、m、ng，則變音 n。	문학류 moon hang nyoo 文學類
ㅁ	發 m 的音。	무 moo 蘿蔔
ㅂ	在詞首為 p，其餘為 b。	배추 pae choo 大白菜；두부 too boo 豆腐
	後接 l、n 音時，變音 m。	소리없는 so li eom neun 靜音
ㅃ	發 bb 的音。	빵 bbang 麵包
ㅅ	在詞首為 s，尾音為 t。	사이다 sa i da 汽水 잠 jam ot 睡衣
	後面接母音或接同樣ㅅ，則恢復 s。*例外：後接잎字時，變音為 n nip	옷을 접다 o seul jeob da 折衣服 칫솔 chi ssol 牙刷 나뭇잎 na moon nip 樹葉
ㅆ	在頭音（單字的第一個音）發 ss 的音，在尾音發 tt 的音。	쌍조 ssang jo 雙槽；하자가 있다 ha ja ga itt da 有瑕疵
ㅇ	在頭音不發音，尾音發 ng 的音。	동전 tong jeon 銅板
ㅈ	在頭音為 j，在尾音為 t。	저음 jeo eum 低音；찾기 chat gi 搜尋
	後面接母音則恢復 j 音。	책꽂이 chaeg ggo j i 書架

ㅉ	發 jj 的音。	짧은 자 jjal beun ja 短尺
ㅊ	在頭音為 ch，尾音為 t。	참새 cham sae 麻雀；꽃 ggot 花
	後接母音則恢復 ch。	꽃이 피다 ggo chi pi da 開花
ㅋ	發 k 的音。	포크 po keu 叉子
ㅌ	發 t 的音。	＊例外：같이 ka ch i 一起 팀 tim 球隊
ㅍ	發 p 的音。	포크 po keu 叉子
ㅎ	發 h 的音。	허리띠 heo li ddi 腰帶
	前、後接 ㄴ、ㄹ、ㅁ、ㅅ 時，不發音。	느슨하다 neu seu na da 寬鬆 끓는다 ggeul leun da 煮沸
	前、後接 ㄱ、ㄷ、ㅂ、ㅈ 時，以上變成氣音 ㅋ、ㅌ、ㅍ、ㅊ。	선택하다 seon tae ka da 選擇 좋다 jo ta 好；喜歡
	後接母音 ㅇ 時，ㅎ 不發音。	좋아요 jo a yo 很好

PS：

★ 尾音為 d、t（ㄷ、ㅅ、ㅆ、ㅈ、ㅊ、ㅌ），後接 n（ㄴ）音時，變音為 n。

★ 若 ㄱ、ㄷ、ㅂ 用在外來語時，則發 g、d、b 的音。

★ 在韓文中，前面的字如果是有尾音（받침）的字，而後面接母音

ㅇ時，因為ㅇ不發音，所以念的時候，前面的尾音（받침）會移到後面，產生「連音」現象。例如：옷걸이 ot geo li 衣架；검은색 keo meun saeg 黑色。

● 母音發音介紹表

MP3-03

母音	羅馬拼音規則解說	母音	羅馬拼音規則解說
ㅏ	發 a 的音。	ㅐ	發 ae 的音。
ㅑ	發 ya 的音。	ㅒ	發 yae 的音。
ㅓ	發 eo 的音。	ㅔ	發 ei 的音。
ㅕ	發 yeo 的音。	ㅖ	發 yei 的音。
ㅗ	發 o 的音	ㅚ	發 oi 的音。
ㅛ	發 yo 的音。	ㅙ	發 oae 的音。
ㅜ	發 oo 的音。	ㅘ	發 wa 的音。
ㅠ	發 yoo 的音。	ㅝ	發 uo 的音。
ㅡ	發 eu 的音。	ㅟ	發 ui 的音。
ㅣ	發 i 的音。	ㅞ	發 uei 的音。

● 雙子音尾音介紹表

雙子音尾音	後接子音時的發音 （只發一個音）	後接母音時的發音 （例如接ㅏ時）
ㄳ	g	g sa
ㄺ	g	l ga
ㄵ	n	n ja
ㄶ	n （後面子音 變氣音）	na
ㄼ	l	l ba
ㄽ	l	l sa
ㄾ	l	l ta
ㅀ	l	la
ㄻ	m	l ma
ㅄ	b	b sa
ㄿ	p	l pa

● 基本字母發音表　　MP3-04

子音＼母音	ㅏ	ㅑ	ㅓ	ㅕ	ㅗ	ㅛ	ㅜ	ㅠ	ㅡ	ㅣ
ㄱ	가	갸	거	겨	고	교	구	규	그	기
ㄴ	나	냐	너	녀	노	뇨	누	뉴	느	니
ㄷ	다	댜	더	뎌	도	됴	두	듀	드	디
ㄹ	라	랴	러	려	로	료	루	류	르	리
ㅁ	마	먀	머	며	모	묘	무	뮤	므	미
ㅂ	바	뱌	버	벼	보	뵤	부	뷰	브	비
ㅅ	사	샤	서	셔	소	쇼	수	슈	스	시
ㅇ	아	야	어	여	오	요	우	유	으	이
ㅈ	자	쟈	저	져	조	죠	주	쥬	즈	지
ㅊ	차	챠	처	쳐	초	쵸	추	츄	츠	치
ㅋ	카	캬	커	켜	코	쿄	쿠	큐	크	키
ㅌ	타	탸	터	텨	토	툐	투	튜	트	티
ㅍ	파	퍄	퍼	펴	포	표	푸	퓨	프	피
ㅎ	하	햐	허	혀	호	효	후	휴	흐	히

● 韓文的文字

　　韓文是由基本母音、基本子音、雙母音、雙子音和尾音所
構成，其發音的組合方式有以下幾種：

　　一　一個子音加一個母音，如：나（我）

　　二　一個子音加一個母音加一個子音，如：밥（飯）

　　三　一個子音加兩個母音，如：뒤（後）

　　四　一個子音加兩個母音加子音，如：광（觀）

　　五　一個子音加一個母音兩個子音，如：닭（雞）

　　書寫的方式是由左到右，從上往下。關於每個字的正確筆
順，讀者可參考本公司的《韓語入門》。

在韓語的拼音結構中，分「初聲」、「中聲」和「終聲」，發音的順序依次是「初聲」、「中聲」、「終聲」。以민字為例：

初聲（音ㄇ）　　　中聲（音一）

終聲又叫收音（音ㄣ）

所以發ㄇ一ㄣ的音

要學會韓語，一定要先認識韓語的字母，以及它的拼音方式。只要掌握這些學習技巧，就算你不認識這個字，也能正確的發出它的音。

韓文是由基本母音、基本子音、雙母音、雙子音和收音所構成，組合方式有以下幾種：

❶ 一個子音加一個母音，如：ㅁ＋ㅏ→마（山藥）

❷ 一個子音加一個母音，加一個子音（收音），如：
　ㅇ＋ㅏ＋ㄴ→안（內；裡）

❸ 一個子音加兩個母音（雙母音），如：ㅎ＋ㅚ
　→회（會）

❹ 一個子音加兩個母音（雙母音），加一個子
　音，如：ㄱ＋ㅘ＋ㅇ→광（光）

❺ 一個子音加一個母音，加兩個子音，如：ㅁ＋
　ㅗ＋ㄳ→몫（份）

韓文字形變化

　　韓文的書寫規則是由左而右，從上到下。子音搭
配「ㅏ、ㅑ、ㅓ、ㅕ、ㅣ」等母音時，子音寫在母音
的左邊，搭配「ㅗ、ㅛ、ㅜ、ㅠ、ㅡ」等母音時，子
音寫在母音的上或下方。

　　有些子音的左邊書寫形狀，會與上下書寫時的字
形略有不同，如：ㄴ、ㄷ、ㄹ、ㅌ、ㅍ等子音，在書
寫時，字尾會稍微往右上方勾起，如：나←→노；다
←→도；라←→로；타←→토；파←→포。

　　而ㄱ的子音，寫在左邊時，字尾會比較明顯的往

19

左下方撇，而上下型的書寫，字尾只是微微彎起，如：가←→그。

其他的子音（ㅁ、ㅂ、ㅅ、ㅇ、ㅈ、ㅊ、ㅎ）雖然書寫時字尾不變，但是上下和左邊的書寫比例略為不同，左邊位置的子音比較細長，上下位置的子音比較短胖。

如：마←→모；바←→보；사←→소；아←→오；자←→조；차←→초；하←→호。其他的差異，請依照本習字帖多加練習。

這樣是不是已經對韓文有了基本的概念呢！很簡單吧！當你熟悉這些字母，以及發音、拼音的方式之後，你的韓文功力就已經大大的提升了。

所以，學習韓語可說是學習第二外語，投資報酬率最高的語言。現在就讓我們進一步學習韓文吧！加油！

發音部位側面圖

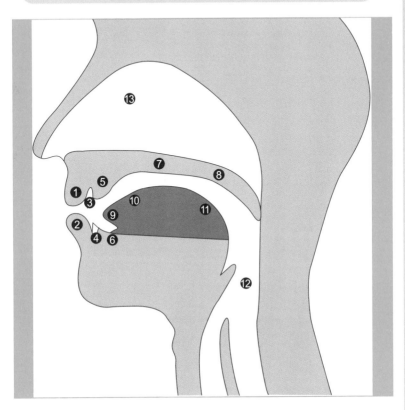

1 上唇

2 下唇

3 上牙齒

4 下牙齒

5 上齒齦

6 下齒齦

7 硬顎

8 軟顎

9 舌尖

10 舌面；舌前

11 舌根；舌後

12 聲帶；喉嚨

13 鼻腔

飲食篇

채소
chae so
蔬菜

MP3-05

韓文	羅馬拼音	中文
호박	ho bag	南瓜
늙은호박	neul geun ho bag	老南瓜
수세미외	soo sei mi oi	絲瓜
여주	yeo joo	苦瓜
동과	tong gwa	冬瓜
고구마	ko goo ma	地瓜
오이	o i	黃瓜
배추	pae choo	大白菜
양배추	yang bae choo	高麗菜
미나리	mi na li	芹菜
시금치	si geum chi	菠菜
양파	yang pa	洋蔥

마늘	ma neul	大蒜
파	pa	蔥
생강	saeng gang	薑
고추	ko choo	辣椒
피망	pi mang	青椒
콩나물	kong na mool	黃豆芽
숙주나물	soog joo na mool	綠豆芽
당근	tang geun	紅蘿蔔
무	moo	蘿蔔
감자	kam ja	馬鈴薯
옥수수	og soo soo	玉蜀黍
가지	ka ji	茄子
버섯	peo seot	香菇
완두콩	wan doo kong	豌豆
강낭콩	kang nang kong	四季豆

나팔꽃나물	na pal ggon na mool	空心菜
갓	kat	芥藍菜
다시마	ta si ma	海帶
김	kim	紫菜
부추	poo choo	韭菜
두부	too boo	豆腐
연근	yeon geun	蓮藕
아스파라거스	a seu pa la geo seu	蘆筍
죽순	joog soon	竹筍

▲圖片提供／韓國觀光公社

과일
kwa il

水果

MP3-06

韓文	羅馬拼音	中文
배	pae	水梨
사과	sa gwa	蘋果
수박	soo bag	西瓜
파파야	pa pa ya	木瓜
메론	mei lon	哈密瓜
참외	cham oi	香瓜
귤	kyool	橘子
오렌지	o lein ji	柳橙
감	kam	柿子
앵두	aeng doo	櫻桃
딸기	ddal gi	草莓
레몬	lei mon	檸檬

키위	ki ui	奇異果
포도	po do	葡萄
바나나	ba na na	香蕉
복숭아	pog soong a	桃子
수밀도	soo mil do	水蜜桃
황도	hwang do	黃桃（軟）
백도	paeg do	白桃（脆）
자두	ja doo	李子
야자	ya ja	椰子
밤	pam	栗子
살구	sal goo	杏
토마토	to ma to	蕃茄
방울토마토	pang ool to ma to	小蕃茄

고기
ko gi

肉

MP3-07

韓文	羅馬拼音	中文
닭고기	tag go gi	雞肉
닭껍질	tag ggeob jil	雞皮
닭다리	tag da li	雞腿
닭가슴살	tag ga seum sal	雞胸肉
닭발	tag bal	雞爪
닭목	tang mog	雞脖子
닭날개	tang nal gae	雞翅膀
닭간	tag gan	雞肝
닭심	tag sim	雞心
닭내장	tang nae jang	雞內臟
오골계	o gol gyei	烏骨雞
계란	kyei lan	雞蛋

흰자위	heuin ja ui	蛋白
노른자	no leun ja	蛋黃
오리고기	o li go gi	鴨肉
오리껍질	o li ggeob jil	鴨皮
거위고기	keo ui go gi	鵝肉
거위다리	keo ui da li	鵝腿
거위간	keo ui gan	鵝肝
쇠고기	soi go gi	牛肉
쇠꼬리	soi ggo li	牛尾巴
소 혀	so hyeo	牛舌頭
쇠힘줄	soi him jool	牛筋
소 뼈	so bbyeo	牛骨頭
소 허파	so heo pa	牛肺
돼지고기	toae ji go gi	豬肉
돼지껍질	toae ji ggeob jil	豬皮

삼겹살	sam gyeob sal	五花肉
간고기	kan go gi	絞肉
비계	pi gyei	肥肉
족발	jog bal	豬蹄
돼지간	toae ji gan	豬肝
돼지귀살	toae ji gui sal	豬耳朵
돼지혀	toae ji hyeo	豬舌頭
돼지곱창	toae ji gob chang	豬腸
등심살	teung sim sal	里脊肉
양고기	yang go gi	羊肉
양갈비	yang gal bi	羊小排

해물
hae mool

海鮮

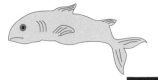

MP3-08

韓文	羅馬拼音	中文
생선	saeng seon	魚
생선껍질	saeng seon ggeob jil	魚皮
생선머리	saeng seon meo li	魚頭
생선눈	saeng seon noon	魚眼睛
생선고기	saeng seon go gi	魚肉
생선비늘	saeng seon bi neul	魚鱗
어란	eo lan	魚卵
어포	eo po	魚乾
오징어	o jing eo	魷魚
문어	moo neo	章魚
전복	jeon bog	鮑魚
상어	sang eo	鯊魚

잉어	ing eo	鯉魚
갈치	kal chi	白帶魚
가자미	ka ja mi	比目魚
고등어	ko deung eo	青花魚
대구	tae goo	鱈魚
꽁치	ggong chi	秋刀魚
전갱이	jeon gaeng i	竹筴魚
도미	to mi	鯛魚
연어	yeo neo	鮭魚
정어리	jeong eo li	沙丁魚
농어	nong eo	鱸魚
붕어	poong eo	鯽魚
뱀장어	paem jang eo	鰻魚
민물장어	min mool jang eo	鱔魚
참치	cham chi	鮪魚

새우	sae oo	蝦子
왕새우	wang sae oo	龍蝦
가재	ka jae	草蝦
참새우	cham sae oo	明蝦
말린새우	mal lin sae oo	蝦米
새우살	sae oo sal	蝦仁
새우껍질	sae oo ggeob jil	蝦殼
새우머리	sae oo meo li	蝦頭
조개	jo gae	蛤蜊
굴	kool	牡蠣
해파리	hae pa li	海蜇皮
게	kei	螃蟹
소라	so la	海螺
전복	jeon bog	九孔
말린패주	mal lin pae joo	干貝

| 송어 | song eo | 鱒魚 |
| 해삼 | hae sam | 海參 |

● 首爾自由行必去 10 大景點

到韓國首爾自由行，您可以優先選擇到下列超級景點觀光，保證不失所望，而且，這些大景點都是韓國地鐵就可到達，非常方便。

10 大熱門景點排行榜是：

No.1：樂天世界主題樂園

No.2：明洞商圈

No.3：首爾塔

No.4：首爾必看表演（亂打秀、拌飯秀、塗鴉秀、功夫秀）

No.5：景福宮＆光化門

No.6：廣藏市場

No.7：東大門商圈

No.8：弘大商圈

No.9：南大門市場

No.10：梨花大學

▲圖片提供／韓國觀光公社

식사
sig sa

正餐

MP3-09

韓文	羅馬拼音	中文
서양요리	seo yang yo li	西式料理
토스트	to seu teu	吐司
프랑스빵	peu lang seu bbang	法國麵包
마늘빵	ma neul bbang	大蒜麵包
샌드위치	saen deu ui chi	三明治
핫케이크	hat kei i keu	鬆餅
햄버거	haem beo geo	漢堡
감자튀김	kam ja tui gim	薯條
베이컨	bei i keon	培根
햄	haem	火腿
소시지	so si ji	香腸
달걀프라이	tal gyal peu la i	荷包蛋

삶은계란	sal meun gyei lan	水煮蛋
달걀볶음	tal gyal bo ggeum	炒蛋
버터	beo teo	奶油
치즈	chi jeu	起司
쨈	jjaem	果醬
땅콩쨈	ddang kong jjaem	花生醬
케첩	kei cheob	蕃茄醬
옥수수 수프	og soo soo soo peu	玉米濃湯
야채수프	ya chae soo peu	羅宋湯
스파게티	seu pa gei ti	義大利麵
프라이드 치킨	peu la i deu chi kin	炸雞
야채샐러드	ya chae sael leo deu	生菜沙拉
마요네즈	ma yo nei jeu	沙拉醬
시어로인스테이크	si eo lo in seu tei i keu	沙朗牛排
레스테이크	pil lei seu tei i keu	菲力牛排

티본스테이크	ti bon seu tei i keu	丁骨牛排
소스	so seu	調味醬
바비큐	ba bi kyoo	烤乳豬

중화요리	joong hwa yo li	中式料理
밥	pab	飯
죽	joog	稀飯
볶은밥	po ggeun bab	炒飯
새우볶음밥	sae oo bo ggeum bab	蝦仁炒飯
계란볶음밥	kyei lan bo ggeum bab	蛋炒飯
면	myeon	麵
국수	koog soo	麵條
국수볶음	koog soo bo ggeum	炒麵
비빔국수	pi bim goog soo	乾拌麵
짬뽕	jjam bbong	辣湯麵

우동	oo dong	三鮮麵
짜짱면	jja jjang myeon	酢醬麵
야채볶음	ya chae bo ggeum	炒青菜
고기찜	ko gi jjim	紅燒肉
탕수육	tang soo yoog	糖醋肉
생선찜	saeng seon jjim	清蒸魚
물만두	mool man doo	水餃
군만두	koon man doo	煎餃
찐만두	jjin man doo	蒸餃
찐빵	jjin bbang	饅頭
고기만두	ko gi man doo	肉包
야채만두	ya chae man doo	菜包

MP3-11

한국요리	han goo gyo li	韓式料理
불고기	pool go gi	烤牛肉
돼지갈비구이	toae ji gal bi goo i	烤豬排
삼겹살구이	sam gyeob sal goo i	烤五花肉
등심구이	teung sim goo i	烤牛里脊
삼계탕	sam gyei tang	蔘雞湯
갈비탕	kal bi tang	排骨湯
설렁탕	seol leong tang	牛肉湯
비빔밥	pi bim bab	拌飯
물냉면	mool laeng myeon	水冷麵
비빔냉면	pi bim naeng myeon	拌冷麵
떡볶이	ddeog bo ggi	辣椒醬炒米糕
떡국	ddeo ggoog	米糕湯
잡채	jab chae	什錦炒冬粉
순대	soon dae	豬血冬粉腸

김치찌개	kim chi jji gae	泡菜鍋
된장찌개	toin jang jji gae	豆醬鍋
순두부찌개	soon doo boo jji gae	嫩豆腐鍋
신선로	sin seol lo	神仙爐火鍋
국수전골	koog soo jeon gol	麵條火鍋
해물전골	hae mool jeon gol	海鮮火鍋
곱창전골	kob chang jeon gol	牛腸火鍋
포기 김치	po gi kim chi	白菜泡菜
오이 김치	o i kim chi	黃瓜泡菜
깍두기	ggag doo gi	白蘿蔔泡菜
총각 김치	chong gag kim chi	小蘿蔔泡菜

41

● 泡菜

泡菜在韓國的飲食文化中，佔有極重要的地位。泡菜的種類很多，如：大白菜、白蘿蔔、小黃瓜、小蘿蔔，同時泡菜也極度受國人的喜愛。

泡菜除了主要的蔬菜外，有的還會添加栗子、魷魚、蝦等佐料，然後加入蔥、蒜、薑、辣椒粉，以及韓國特製的蝦醬水等配料醃製而成，待其發酵後便是道地的韓國泡菜了。

▲圖片提供／韓國觀光公社

在韓國，各式各樣的泡菜，幾乎是韓國人三餐的主要菜餚，泡菜可說是韓國人餐桌上不可缺少的必需品。

★在韓國的首爾有一座「泡菜博物館」，博物館中陳列著泡菜的歷史，製作過程、加工泡菜模型，以及介紹泡菜發酵的功效，及其相關資料。此外，還有專門的櫃臺，讓參觀民眾親自體驗製作泡菜。

地點：首爾市江南區三成洞 COEXMall 地下二樓

交通：地鐵二號線三成站下車，第五出口直通 COEXMall 地下二樓

일본요리	il bo nyo li	日式料理
생선회	saeng seo noi	生魚片
초밥	cho bab	壽司
미소라면	mi so la myeon	味噌拉麵
메밀국수	mei mil goog soo	蕎麥麵
장어정식	jang eo jeong sig	鰻魚飯
새우튀김	sae oo tui gim	炸蝦
야채튀김	ya chae tui gim	炸蔬菜
생선구이	saeng seon goo i	烤魚

▲圖片提供／韓國觀光公社

디저트
di jeo teu

點心

MP3-13

韓文	羅馬拼音	中文
케이크	kei i keu	蛋糕
치즈케이크	chi jeu kei i keu	起司蛋糕
쵸코렛케이크	chyo ko leit kei i keu	巧克力蛋糕
무스케이크	moo seu kei i keu	慕斯
슈크림	syoo keu lim	泡芙
빵	bbang	麵包
피자	pi ja	披薩
사과파이	sa gwa pa i	蘋果派
도나츠	do na cheu	甜甜圈
찹쌀떡	chab ssal ddeog	糯米糕
팥떡	pat ddeog	紅豆糕
한과	han gwa	手工餅乾

짠크래커	jjan keu lae keo	鹹餅乾
단크래커	tan keu lae keo	甜餅乾
소다크래커	so da keu lae keo	蘇打餅乾
버터비스켓	beo teo bi seu keit	奶油夾心餅乾
포테이토칩	po tei i to chib	洋芋片
팝콘	pab kon	爆米花
쵸콜렛	chyo kol leit	巧克力
젤리사탕	jeil li sa tang	水果軟糖

▲圖片提供／韓國觀光公社

땅콩사탕	ddang kong sa tang	花生糖
밀크캐러멜	mil keu kae leo meil	牛奶糖
아이스크림	a i seu keu lim	冰淇淋
바닐라아이스크림	pa nil la a i seu keu lim	香草冰淇淋
딸기아이스크림	ddal gi a i seu keu lim	草莓冰淇淋
아이스바	a i seu ba	冰棒
푸딩	poo ding	布丁
젤리	jeil li	果凍

음료수
eum nyo soo

飲料

MP3-14

韓文	羅馬拼音	中文
끓인물	ggeu lin mool	白開水
광천수	kwang cheon soo	礦泉水
뜨거운 물	ddeu geo oon mool	熱水
아이스워터	a i seu uo teo	冰水
온수	on soo	溫水
냉수	naeng soo	冷水
요쿠르트	yo koo leu teu	養樂多
우유	oo yoo	牛奶
셰이크	syei i keu	奶昔
핫코코아	hat ko ko a	熱可可
쥬스	jyoo seu	果汁
사과쥬스	sa gwa jyoo seu	蘋果汁

오렌지쥬스	o lein ji jyoo seu	柳橙汁
포도쥬스	po do jyoo seu	葡萄汁
콜라	kol la	可樂
사이다	sa i da	汽水
아이스커피	a i seu keo pi	冰咖啡
커피	keo pi	熱咖啡
카푸치노커피	ka poo chi no keo pi	卡布其諾咖啡
비엔나커피	pi ein na keo pi	維也納咖啡
만트닝커피	man teu ning keo pi	曼特寧咖啡
녹차	nog cha	綠茶
우롱차	oo long cha	烏龍茶
홍차	hong cha	紅茶
밀크홍차	mil keu hong cha	奶茶
맥주	maeg joo	啤酒
생맥주	saeng maeg joo	生啤酒

포도주	po do joo	葡萄酒
위스키	ui seu ki	威士忌
브랜디	beu laen di	白蘭地
진	jin	琴酒
샴페인	syam pei in	香檳
칵테일	kag tei il	雞尾酒
과실주	kwa sil joo	水果酒
소주	so joo	燒酒
막걸리	mag geol li	濁酒
청주	cheong joo	清酒

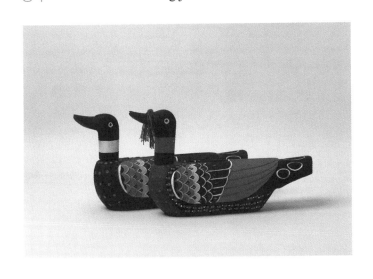

日用品篇

의복
eui bog

衣著

MP3-15

韓文	羅馬拼音	中文
옷	ot	衣服
양복	yang bog	西裝
운동복	oon dong bog	運動服
잠옷	ja mot	睡衣
파자마	pa ja ma	睡袍
케주얼	kei joo eol	休閒服
평상복	pyeong sang bog	家居服
정장	jeong jang	套裝
아동복	a dong bog	童裝
웨딩드레스	uei ding deu lei seu	婚紗
작업복	ja geob bog	工作服
제복	jei bog	制服

웃옷	oo tot	上衣
셔츠	syeo cheu	襯衫
와이셔츠	wa i syeo cheu	白襯衫
체크무늬 셔츠	chei keu moo neui syeo cheu	格子襯衫
폴로셔츠	pol lo syeo cheu	POLO 衫
티셔츠	ti syeo cheu	T 恤
스웨터	seu uei teo	毛衣
조끼	jo ggi	背心
외투	oi too	外套
코트	ko teu	風衣
스탠드 칼라	seu taen deu kal la	高領
라운드 칼라	la oon deu kal la	圓領
V 자 칼라	V ja kal la	V 字領
반팔	pan pal	短袖
긴팔	kin pal	長袖

민소매	min so mae	無袖
싱글	sing geul	單排扣
더블	teo beul	雙排扣
단추	tan choo	鈕釦
주머니	joo meo ni	口袋
지퍼	ji peo	拉鍊
원단	uon dan	布料
옷감	ot gam	質料
실크	sil keu	絲質
면	myeon	棉質
나이론 천	na i lon cheon	尼龍布
방수	pang soo	防水
방풍	pang poon	防風
스타일	seu ta il	款式
문양	moo nyang	花色

입어보다	i beo bo da	試穿 (衣服)
색깔	saeg ggal	顏色
바지	pa ji	褲子
양복바지	yang bog ba ji	西裝褲
청바지	cheong ba ji	牛仔褲
나팔바지	na pal ba ji	喇叭褲
타이트바지	ta i teu ba ji	緊身褲
반바지	pan ba ji	短褲
긴바지	kin ba ji	長褲
치마	chi ma	裙子
원피스	uon pi seu	連身裙
긴치마	kin chi ma	長裙
짧은치마	jjal beun chi ma	短裙
타이트스커트	ta i teu seu keo teu	窄裙
미니스커트	mi ni seu keo teu	迷你裙

바지치마　　　　pa ji chi ma　　　　褲裙

● 樂天世界主題樂園

　　每年吸引將近 600 萬遊客，韓國首爾樂天世界，是首爾景點之冠軍，也是全球最大「室內遊樂園」。遊樂方式分室內區和室外區，大人小孩都適合遊玩，室內區有樂天探險世界；室外區有魔幻島，海盜船、碰碰車、溜冰場…等。

　　到樂天世界玩，我印象最深刻的就是：海盜船，坐上去的第一時間，一點都不可怕，但是左右大搖晃時，大家都嚇出一身冷汗，一起叫喊的聲音，簡直成了「萬人大合唱」。

▲圖片提供／韓國觀光公社

옷부품	ot boo poom	衣服配件
양말	yang mal	襪子
스타킹	seu ta king	絲襪
짧은양말	jjal beun yang mal	短襪
긴양말	ki nyang mal	長統襪
목도리	mog do li	圍巾
스카프	seu ka peu	絲巾
숄	syol	披肩
넥타이	neig ta i	領帶
모자	mo ja	帽子
밀짚모자	mil jip mo ja	草帽
야구모자	ya goo mo ja	棒球帽
사냥모자	sa nyang mo ja	鴨舌帽
허리띠	heo li ddi	腰帶；皮帶
장갑	jang gab	手套

日用品篇

57

손수건	son soo geon	手帕

가방	ka bang	皮包
돈주머니	ton joo meo ni	錢包
지갑	ji gab	皮夾
열쇠지갑	yeol soi ji gab	鑰匙包
손가방	son ga bang	手提包
여행가방	yeo haeng ga bang	旅行包
배낭	pae nang	背包
서류가방	seo lyoo ga bang	公事包
책가방	chaeg ga bang	書包
슛케이스	syoot kei i seu	手提箱
화장케이스	hwa jang kei i seu	化妝箱

액세서리	aeg sei seo li	首飾
다이아몬드	ta i a mon deu	鑽石
보석	po seog	寶石
금	keum	黃金
은	eun	銀
손목시계	son mog si gyei	手錶
팔찌	pal jji	手鐲 ; 手鍊
반지	pan ji	戒指
목걸이	mog geo li	項鍊
코걸이	ko geo li	鼻環
귀걸이	kui geo li	耳環 ; 耳墜
브로치	beu lo chi	胸針
넥타이핀	neig ta i pin	領帶夾

日用品篇

신	sin	鞋子
구두	koo doo	皮鞋
하이힐	ha i hil	高跟鞋
운동화	oon dong hwa	運動鞋
로힐	lo hil	平底鞋
헝겊신	heong geop sin	布鞋
슬리퍼	seul li peo	拖鞋
샌들	saen deul	涼鞋
부츠	boo cheu	長靴
장화	jang hwa	雨鞋
뱀가죽	paem ga joog	蛇皮
악어가죽	a geo ga joog	鱷魚皮
가죽	ka joog	真皮
인조가죽	in jo ga joog	人工皮
구두끈	koo doo ggeun	鞋帶

日用品篇

구두깔개	koo doo ggal gae	鞋墊
굽	koob	鞋跟
브랜드	beu laen deu	牌子
신어보다	si neo bo da	試穿（鞋子）
사이즈	sa i jeu	尺寸
크기	keu gi	大小
머리둘레	meo li dool lei	頭圍
가슴둘레	ka seum dool lei	胸圍

▲圖片提供／韓國觀光公社

허리둘레	heo li dool lei	腰圍
엉덩이둘레	eong deong i dool lei	臀圍
신장	sin jang	身長
다리길이	ta li gi li	腿長
크다	keu da	大
작다	jag da	小
맞다	mat da	合身
꽉 끼다	ggwag ggi da	緊身

▲圖片提供／韓國觀光公社

전기제품
jeon gi jei poom

電器用品

MP3-20

韓文	羅馬拼音	中文
텔레비전	teil lei bi jeon	電視機
리모컨	li mo keon	遙控器
설명서	seol myeong seo	說明書
보증서	po jeung seo	保證書
보증기한	po jeung gi han	保證期限
조작설명	jo jag seol myeong	操作說明
사용 방법	sa yong pang beob	使用方法
기능	ki neung	功能
채널	chae neol	頻道
소리	so li	音量
사이즈	sa i jeu	尺寸
컬러	keol leo	彩色

흑백	heug baeg	黑白
밝기	pal ggi	明亮
영상	yeong sang	影像
화질	hwa jil	畫質
플러그	peul leo geu	插頭
소케트	so kei teu	插座
전선	jeon seon	電線
전압	jeo nab	電壓
볼트	pol teu	伏特
배터리	bae teo li	電池
스위치	seu ui chi	開關
버튼	beo teun	按鈕
켜다	kyeo da	打開
끄다	ggeu da	關掉
조정하다	jo jeong ha da	調整

선택하다	seon tae ka da	選擇
누르다	noo leu da	押；按
비디오플레이어	bi di o peul lei i eo	錄放影機
비디오테이프	bi di o tei i peu	錄影帶
VCD 플레이어	VCD peul lei i eo	光碟機
예약녹화	yei yang no kwa	預錄
절전장치	jeol jeon jang chi	定時關機
리와이드	li wa i deu	倒帶
쾌속	koae sog	快轉
플레이하다	peul lei i ha da	播放
길이	ki li	長度
고장나다	ko jang na da	故障
음향	eu myang	音響
미니음향	mi ni eu myang	床頭音響
워크맨	uo keu maen	隨身聽 (walkman)

CD 플레이어	CD peul lei i eo	CD 隨身聽
라디오	la di o	收音機
녹음기	no geum gi	錄音機
카세트	ka sei teu	卡帶
스피커	seu pi keo	喇叭
음향효과	eu myang hyo gwa	音效
이어폰	i eo pon	耳機
자기해드	ja gi hae deu	磁頭
마이크	ma i keu	麥克風
냉장고	naeng jang go	電冰箱
싱글도아	sing geul do a	單門
더블도아	teo beul do a	雙門
냉동	naeng dong	冷凍
냉장	naeng jang	冷藏
온도	on do	溫度

섭씨 5 도	seob ssi o do	攝氏五度
영하 1 도	yeong ha il do	零下一度
제빙칸	jei bing kan	製冰盒
토마	to ma	保鮮盒
달걀칸	tal gyal kan	置蛋架
채소과일칸	chae so gwa il kan	果菜箱
음료수칸	eum nyo soo kan	飲料架
냄새제거장치	naem sae jei geo jang chi	除臭裝置
얼음제거	eo leum jei geo	退冰
얼음	eo leum	冰塊
서리	seo li	霜
프레온가스	peu lei on ga seu	冷媒
물 새다	mool sae da	漏水
선풍기	seon poong gi	電風扇
입식선풍기	ib sig seon poong gi	立扇

천정선풍기	cheon jeong seon poong gi	吊扇
풍속	poong sog	風速
강	kang	強
중	joong	中
약	yag	弱
안전보호망	an jeon bo ho mang	安全護網
180 도회전	paeg pal sib do hoi jeon	180 度旋轉
360 도회전	sam pae gyoog sib do hoi jeon	360 度迴轉
정시	jeong si	定時
에어컨	ei eo keon	冷氣機
독립식	tong nib sig	獨立式
분리식	pool li sig	分離式
전통형 에어컨	jeon tong hyeong ei eo keon	窗型冷氣
기능	ki neung	功能
전기절약	jeon gi jeo lyag	省電

소리없는	so li eom neun	靜音
항균	hang gyoon	抗菌
수면장치	soo myeon jang chi	睡眠裝置
컴퓨터온도조절	keom pyoo teo on do jo jeol	微電腦控溫
전화기	jeo nwa gi	電話機
무선전화기	moo seon jeo nwa gi	無線電話
유선전화기	yoo seon jeo nwa gi	有線電話
상대방번호명 시기능	sang dae bang beo no meong si gi neung	來電顯示功能
응답기	eung dab gi	答錄機
구내전화	koo nae jeo nwa	分機
수화기	soo hwa gi	話筒
리다이얼	li da i eol	重撥
패스트 다이얼	pae seu teu da i eol	速撥
보류하다	po lyoo ha da	保留
대기하다	tae gi ha da	等待

교환하다	kyo hwa na da	轉接
구내전화	koo nae jeo nwa	內線
통화중	tong hwa joong	佔線
충전시키다	choong jeon si ki da	充電
메모리번호	mei mo li beo no	記憶號碼
전등	jeon deung	電燈
현광등	hyeon gwang deung	日光燈
스탠드	seu taen deu	檯燈
펜던트등	pein deon teu deung	吊燈
등갓	teung gat	燈罩
전구	jeon goo	燈泡
와트수	wa teu soo	瓦數
세탁기	sei tag gi	洗衣機
탈수기	tal soo gi	脫水機
건조기	keon jo gi	烘乾機

스테인레스	seu tei in lei seu	不銹鋼
헹구다	heing goo da	洗淨
탈수하다	tal soo ha da	脫水
용량	yong nyang	容量
모타	mo ta	馬達
보일러	bo il leo	熱水器
전기보일러	jeon gi bo il leo	電熱水器
가스보일러	ga seu bo il leo	瓦斯熱水器
기름보일러	ki leum bo il leo	汽油熱水器
환풍기	hwan poong gi	排油煙機
기름여과망	ki leu myeo gwa mang	濾油網
가스렌지	ka seu lein ji	瓦斯爐
가스	ka seu	瓦斯
전자렌지	jeon ja lein ji	微波爐
오븐	o beun	烤箱

토스터	to seu teo	烤麵包機
밥솥	pab sot	飯鍋
전기밥솥	jeon gi bab sot	電子鍋
전기찜통	jeon gi jjim tong	燜燒鍋
믹서	mig seo	果汁機
쥬서	jyoo seo	榨汁機
계란믹서	gyei lan mig seo	打蛋器
커피포트	keo pi po teu	咖啡壺
보온병	po on byeong	熱水瓶
생수기	saeng soo gi	飲水機
생수	saeng soo	生水
끓인물	ggeu lin mool	開水
비등점	pi deung jeom	沸點
제습기	jei seub gi	除濕機
가습기	ka seub gi	加濕機

공기청정기	kong gi cheong jeong gi	空氣清淨機
난로	nal lo	暖爐
헤어드라이어	hei eo deu la i eo	吹風機
자동제봉기	ja dong jei bong gi	自動裁縫機
진공청소기	jin gong cheong so gi	吸塵器
카메라	ka mei la	照相機
픽업카메라	pi geob ka mei la	攝影機

● 補充

| 휴대전화 | hyu dae jeon hwa | 手機 |

● 韓國 10 大明星排行榜

前些年，全世界最愛韓星，由「裴帥」裴勇俊領銜，風靡全球；近幾年寶座已換人坐。

韓星李敏鎬居全世界最愛韓星之冠，他從 2017 至 2021 年，蟬聯 5 年冠軍，很不簡單。

全世界最愛的韓星，除了冠軍李敏鎬之外，依序為，玄彬、孔劉、宋慧喬、李鍾碩。

連續 5 年，入榜前 10 名的明星，有：宋慧喬、宋仲基、全智賢。

連續 4 年，入榜前 10 名的明星，有：孔劉、秀智以及朴信惠。

連續 3 年，入榜前 10 名的明星，有：李鍾碩。

가구
ka goo

家具

MP3-21

韓文	羅馬拼音	中文
침대	chim dae	床
스프링침대	seu peu ling chim dae	彈簧床
싱글침대	sing geul chim dae	單人床
더블침대	teo beul chim dae	雙人床
이층침대	i cheung chim dae	雙層床
아동침대	a dong chim dae	兒童床
신생아침대	sin saeng a chim dae	嬰兒床
침대장	chim dae jang	床頭櫃
이불	i bool	棉被
실크이불	sil keu i bool	蠶絲被
침대 매트리스	chim dae mae teu li seu	床墊
침대시트	chim dae si teu	床單

日用品篇

침대커버	chim dae keo beo	床罩
베개	pei gae	枕頭
죽부인	joog boo in	抱枕
담요	ta myo	毛毯
얇은이불	yal beu ni bool	涼被（夏天蓋的）
닷자리	tot ja li	涼蓆
책상	chaeg sang	書桌
책장	chaeg jang	書櫃
책꽂이	chaeg ggo ji	書架
서랍	seo lab	抽屜
컴퓨터책상	keom pyoo teo chaeg sang	電腦桌
화장대	hwa jang dae	梳妝台
식탁	sig tag	餐桌
상	sang	韓國傳統矮式餐桌
찬장	chan jang	碗櫃

그릇	keu leut	碗
국그릇	koog geu leut	湯碗
스테인레스 공기	seu tei in lei seu kong gi	鐵碗
사발	sa bal	瓷碗
접시	jeob si	盤子
작은접시	ja geun jeob si	碟子
찻잔	chat jan	茶杯
유리잔	yoo li jan	玻璃杯
머그잔	meo geu jan	馬克杯
브랜디잔	peu laen di jan	高腳酒杯
숟가락	sood ga lag	湯匙
젓가락	jeot ga lag	筷子
포크	po keu	叉子
나이프	na i peu	刀
프라이팬	peu la i paen	炒菜鍋

국남비	koong nam bi	湯鍋
주전자	joo jeon ja	水壺（茶壺）
국자	koog ja	湯勺
식탁깔개	sig tag ggal gae	餐墊
독	tog	缸
술장	sool jang	酒櫃
의자	eui ja	椅子
소파	so pa	沙發
흔들의자	heun deu leui ja	搖椅
누운 긴의자	noo oon ki neui ja	躺椅
안마의자	an ma eui ja	按摩椅
긴 나무걸상	kin na moo geol sang	板凳
바퀴달린 의자	pa kui tal li neui ja	滑輪椅（有輪子的椅子）
접의자	jeo beui ja	折疊椅
옷장	ot jang	衣櫃

옷장	ot jang	衣櫥
옷걸이	ot geo li	衣架
모자걸이	mo ja geo li	帽架
신발장	sin bal jang	鞋櫃
신발장	sin bal jang	鞋架
TV 장	TV jang	電視架
우산걸이	oo san geo li	雨傘架
커튼	keo teun	窗簾
문발	moon bal	門簾
방석	pang seog	坐墊
꽃병	ggot byeong	花瓶
벽시계	pyeog si gyei	時鐘
괘종시계	koae jong si gyei	掛鐘
알람시계	al lam si gyei	鬧鐘
쓰레기통	sseu lei gi tong	垃圾桶

정리함	jeong ni ham	收納盒（收納箱）
운송하다	oon song ha da	運送
운송비용	oon song bi yong	運費
조립하다	jo li pa da	組裝

▲圖片提供／韓國觀光公社

서점
seo jeom

書局

MP3-22

韓文	羅馬拼音	中文
책	chaeg	書
베스트셀러	bei seu teu seil leo	暢銷書
순위표	soo nui pyo	排行榜
추천도서	choo cheon do seo	推薦書
새로나온 책	sae lo na on chaeg	新書
새로나온 책 소개	sae lo na on chaeg so gae	新書介紹
새로나온 책 목록	sae lo na on chaeg mong nog	新書目錄
헌책	heon chaeg	舊書
특가도서	teug ga do seo	打折書
하드커버책	ha deu keo beo chaeg	精裝書
서명	seo myeong	書名
저자	jeo ja	作者

출판사	chool pan sa	出版社
잡지사	jab ji sa	雜誌社
잡지	jab ji	雜誌
주간	joo gan	週刊
격주간	kyeog joo gan	雙週刊
월간	uol gan	月刊
계간	kyei gan	季刊
연감	yeon gam	年鑑
신문	sin moon	報紙
주간신문	joo gan sin moon	週報
이월	i uol	過期
가격	ka gyeog	價格
특가	teug ga	特價
쿠폰	koo pon	折價券
회원가	hoi uon ga	會員價

회원카드	hoi uon ka deu	會員卡
VIP 카드	VIP ka deu	貴賓卡
구독하다	koo do ka da	訂購
우편운송	oo pyeo noon song	郵寄
영수증	yeong soo jeung	收據
교환하다	kyo hwa na da	更換
배상하다	pae sang ha da	賠償
현찰로 지불하다	hyeon chal lo ji boo la da	付現
경품	kyeong poom	贈品
분야별	poo nya byeol	類別
문학류	moo nang nyoo	文學類
비문학류	pi moo nang nyoo	非文學類
생활류	saeng hwal lyoo	生活類
여행류	yeo haeng nyoo	旅遊類
레저류	lei jeo lyoo	休閒類

음식류	eum sing nyoo	飲食類
패션류	pae syeol lyoo	時尚類
과학기술류	kwa hag gi sool lyoo	科技類
컴퓨터류	keom pyoo teo lyoo	電腦類
역사류	yeog sa lyoo	歷史類
지리류	ji li lyoo	地理類
전기류	jeon gi lyoo	傳記類
철학류	cheo lang nyoo	哲學類
의학류	eui hang nyoo	醫學類
언어류	eo neo lyoo	語言類
종교류	jong gyo lyoo	宗教類
아동서적류	a dong seo jeong nyoo	童書類
심리학류	sim ni hang nyoo	心理勵志類
소설류	so seol lyoo	小說類
장편소설	jang pyeon so seol	長篇小說

단편소설	tan pyeon so seol	短篇小說
시	si	詩
포켓북	po keit boog	口袋書
번역서적	peo nyeog seo jeog	翻譯書
외국서적	oi goog seo jeog	進口書
요리책	yo li chaeg	食譜
지도	ji do	地圖
사진집	sa jin jib	寫真集
도감	do gam	圖鑑

문방구

moon bang goo

文具店

韓文	羅馬拼音	中文
필통	pil tong	筆筒
지우개	ji oo gae	橡皮擦
화이트	hwa i teu	立可白
연필	yeon pil	鉛筆
샤프펜	sya peu pein	自動鉛筆
샤프심	sya peu sim	筆心
만년필	man nyeon pil	鋼筆
볼펜	bol pein	原子筆
사인펜	sa in pein	簽字筆
수성 사인펜	soo seong sa in pein	奇異筆
형광펜	hyeon gwang pein	螢光筆
보드마카	po deu ma ka	麥克筆

굵다	koog da	粗
가늘다	ka neul da	細
원촉	uon chog	圓頭
평촉	pyeong chog	扁平
검은색	keo meun saeg	黑色
빨간색	bbal gan saeg	紅色
파란색	pa lan saeg	藍色
노란색	no lan saeg	黃色
핑크색	ping keu saeg	粉紅色
오렌지색	o lein ji saeg	橘色
녹색	nog saeg	綠色
보라색	po la saeg	紫色
긴 자	kin ja	長尺
짧은 자	jjal beun ja	短尺
철자	cheol ja	鐵尺

삼각자	sam gag ja	三角尺
곡자	kog ja	半圓尺
컴퍼스	keom peo seu	圓規
스테이풀러	seu tei i pool leo	釘書機
스테이풀러 철침	seu tei i pool leo cheol chim	釘書針
가위	ka ui	剪刀
칼	kal	刀
연필깎기	yeon pil ggagg gi	削鉛筆機
압정	ab jeong	大頭針
클립	keul lib	迴紋針
풀	pool	膠水
본드	bon deu	強力膠
순간접착제	soon gan jeob chag jei	三秒膠
스카치 테이프	seu ka chi tei i peu	膠帶
스카치 테이프대	seu ka chi tei i peu dae	膠台

공책	kong chaeg	筆記本
메모지	mei mo ji	便條紙
서류철	seo lyoo cheol	資料夾
파일철	pa il cheol	檔案夾
명함철	myeong ham cheol	名片夾
도장	to jang	印章
인주	in joo	印泥
인주대	in joo dae	印台
자석	ja seog	磁鐵
달력	tal lyeog	月曆
계산기	kyei san gi	計算機

기 화장품
ki cho hwa jang poom

保養品

MP3-24

韓文	羅馬拼音	中文
화장솜	hwa jang som	化妝棉
스킨 로션	seu kin lo syeon	化妝水
수렴화장수	soo lyeo mwa jang soo	收斂化妝水
보습화장수	po seu pwa jang soo	保濕化妝水
밀크 로션	mil keu lo syeon	乳液
썬탠 로션	sseon taen lo syeon	防曬乳液
보디 로션	bo di lo syeon	身體乳液
방수성	pang soo seong	防水
친수성	chin soo seong	親水性的
핸드 크림	haen deu keu lim	護手霜
베이비오일	bei i bi o il	嬰兒油
아이 크림	a i keu lim	眼霜

데이 크림	dei i keu lim	日霜
나이트 크림	na i teu keu lim	晚霜
엔티브로칭 크림	ein ti beu lo ching keu lim	隔離霜
썬탠 오일	sseon taen o il	防曬油
얼굴 팩	eol gool paeg	面膜
얼굴 마사지	eol gool ma sa ji	做臉
자외선 차단	ja oi seon cha dan	隔離紫外線
미백	mi baeg	美白
각질제거	kag jil jei geo	去角質
유분제거	yoo boon jei geo	去油
여드름 방지	yeo deu leum pang ji	抗痘
노화 방지	no hwa pang ji	抗老化
피부 수축	pi boo soo choog	緊膚
보습	po seub	保濕
여드름	yeo deu leum	青春痘

주근깨	joo geun ggae	雀斑
기미	ki mi	黑斑
흉터	hyoong teo	疤痕
주름살	joo leum sal	皺紋
점	jeom	痣
모공	mo gong	毛孔
지성피부	ji seong pi boo	油性皮膚
건성피부	keon seong pi boo	乾性皮膚
혼합성피부	ho nab seong pi boo	混和性皮膚
민감성피부	min gam seong pi boo	過敏性皮膚

화장품
hwa jang poom

化妝品

韓文	羅馬拼音	中文
콤팩트	kom paeg teu	粉盒
퍼프	peo peu	粉撲
브러시	peu leo si	粉刷
펜케이크	pein kei i keu	粉餅
파우더	pa oo deo	蜜粉
화운데이션	hwa oon dei i syeon	粉底液
컨실러	keon sil leo	蓋斑膏（遮瑕膏）
눈썹모양	noon sseob mo yang	眉形
눈썹	noon sseob	眉毛
속눈썹	song noon sseob	眼睫毛
가짜 속눈썹	ka jja song noon sseob	假睫毛
마스카라	ma seu ka la	睫毛膏

속눈썹 솔	song noon sseob sol	睫毛刷
눈썹 집게	noon sseob jib gei	眉毛夾子
아이라이	a i la i neo	眼線筆
아이섀도우	a i syae do oo	眼影
블로셔	beul lo syeo	腮紅
립그로스	lib geu lo seu	護唇膏
립스틱	lib seu tig	口紅
클린싱크림	keul lin sing keu lim	卸妝霜
매니큐어	mae ni kyoo eo	指甲油
리무버	li moo beo	去光水
가짜 손톱	ka jja son tob	假指甲
향수	hyang soo	香水
향료	hyang nyo	香精
남성향수	nam seong hyang soo	古龍水
젤리	jeil li	髮雕

무스	moo seu	慕斯（頭髮用）
헤어스프레이	hei eo seu peu lei i	定型液
거품	keo poom	泡沫式
스프레이	seu peu lei i	噴霧式
젤리	jeil li	膠狀
염색제	yeom saeg jei	染髮液

슈퍼마켓
syoo peo ma keit

超級市場

MP3-26

韓文	羅馬拼音	中文
손수레	son soo lei	手推車
장바구니	jang ba goo ni	購物籃
제조날짜	jei jo nal jja	製造日期
유효기간	yoo hyo gi gan	有效期限
보존기간	po jon gi gan	保存期限
진열장	ji nyeol jang	攤位
시식하다	si si ka da	試吃
매진	mae jin	賣完
중량	joong nyang	重量
그램	keu laem	公克
킬로그램	kil lo geu laem	公斤
중량초과	joong nyang cho gwa	超重

중량부족	joong nyang boo jog	不足
알맞다	al mat da	剛剛好
훼미리용	huei mi li yong	家庭號
보충용	po choong yong	補充包
포장	po jang	包裝
포장지	po jang ji	包裝紙
선물케이스	seon mool kei i seu	禮盒
생선고기류	saeng seon go gi lyoo	生鮮品
청과류	cheong gwa lyoo	蔬果
일용품	i lyong poom	日用品
식품	sig poom	食品
조미료	jo mi lyo	調味料
냉동식품	naeng dong sig poom	冷凍食品
음료수	eum nyo soo	飲料

잡화	ja bwa	雜貨
쌀	ssal	米
찹쌀	chab ssal	糯米
현미	hyeon mi	糙米
당면	tang myeon	冬粉（粉絲）
국수	koog soo	麵條
라면	la myeon	泡麵
스파케티	seu pa kei ti	義大利麵
밀가루	mil ga loo	麵粉
전분	jeon boon	太白粉
고구마가루	ko goo ma ga loo	地瓜粉
베이킹 파우더	bei i king pa oo deo	發酵粉
통조림	tong jo lim	罐頭
분유	poo nyoo	奶粉
두유	too yoo	豆奶

日用品篇

인스턴트 커피	in seu teon teu keo pi	咖啡粉
프리마	peu li ma	奶精
설탕	seol tang	砂糖
연유	yeo nyoo	煉乳
찻잎	chan nip	茶葉
보리	po li	麥粒
오트밀	o teu mil	麥片
깨가루	ggae ga loo	芝麻粉
잡곡가루	jab gog ga loo	雜糧粉
소금	so geum	鹽巴
화학조미료	hwa hag jo mi lyo	味精
간장	kan jang	醬油
사라다 기름	sa la da ki leum	沙拉油
땅콩 기름	ddang kong ki leum	花生油
올리브 기름	ol li beu ki leum	橄欖油

참 기름	cham ki leum	麻油
고추가루	ko choo ga loo	辣椒粉
후추가루	hoo choo ga loo	胡椒粉
식초	sig cho	醋
고추장	ko choo jang	辣椒醬
생선 다시다	saeng seon ta si da	魚粉
쇠고기 다시다	soi go gi ta si da	牛肉粉
새우젓갈	sae oo jeot gal	蝦醬水

MP3-28

| 청결용품 | cheong gyeo lyong poom | 清潔用品 |

칫솔	chi ssol	牙刷
이쑤시개	i ssoo si gae	牙籤
전기칫솔	jeon gi chi ssol	自動刷牙機
치약	chi yag	牙膏

치약가루	chi yag ga loo	牙粉
양치물	yang chi mool	漱口水
면도크림	myeon do keu lim	刮鬍膏
면도칼	myeon do kal	刮鬍刀
세안 크림	sei an keu lim	洗面乳
세안 비누	sei an pi noo	洗面皂
세수 비누	sei soo pi noo	香皂
세수 크림	sei soo keu lim	洗手乳
목욕 크림	mo gyog keu lim	沐浴乳
샴푸	syam poo	洗髮精
린스	lin seu	潤髮乳
헤어 케어크림	hei eo kei eo keu lim	護髮乳
수건	soo geon	毛巾
타월	ta uol	浴巾
목욕 모자	mo gyong mo ja	浴帽

세수대야	sei soo dae ya	臉盆
바가지	pa ga ji	瓢
빨래 비누가루	bbal lae pi noo ga loo	洗衣粉
빨래 비누	bbal lae pi noo	洗衣肥皂
솔	sol	刷子
세탁판	sei tag pan	洗衣板
고무장갑	ko moo jang gab	橡皮手套
표백제	pyo baeg jei	漂白水
주방용 세제	joo bang yong sei jei	洗碗精
수세미	soo sei mi	菜瓜布
유연제	yoo yeon jei	柔軟精
휴지	hyoo ji	衛生紙
티슈	ti syoo	抽取衛生紙
롤휴지	lo lyoo ji	捲筒衛生紙
생리대	saeng ni dae	衛生棉

팬티라이	paen ti la i neo	衛生護墊
귀저기	kui jeo gi	尿布
종이귀저기	jong i gui jeo gi	紙尿布

▲圖片提供／韓國觀光公社

쇼핑
syo ping

購物

韓文	羅馬拼音	中文
가격	ka gyeog	價錢
현찰로 지불하다	hyeon chal lo ji boo la da	付現
카드로 지불하다	ka deu lo ji boo la da	刷卡
수표	soo pyo	支票
할부	hal boo	分期付款
일시불	il si bool	一次付清
상품권	sang poom guon	禮券
지폐	ji pyei	紙鈔
동전	tong jeon	銅板
비싸다	pi ssa da	貴
싸다	ssa da	便宜
특가	teug ga	特價

디스카운트	di seu ka oon teu	打折
무료	moo lyo	免費
한턱 내다	han teong nae da	請客
배상하다	pae sang ha da	賠償
중량 달다	joong nyang tal da	秤重
다스	ta seu	打
상자	sang ja	箱
개	kae	個
하자품	ha ja poom	瑕疵品
썩다	sseog da	腐壞
망가지다	mang ga ji da	毀損
긁히다	keul ki da	刮傷
고장나다	ko jang na da	故障
하자가 있다	ha ja ga itt da	有瑕疵
반품하다	pan poo ma da	退貨

교환하다	kyo hwa na da	更換
잘못 사다	jal mot sa da	買錯
환불하다	hwan boo la da	退錢
거슬러 주다	keo seul leo joo da	找錢

▲圖片提供／韓國觀光公社

交通篇

비행기 탑승
pi haeng gi tab seung

搭飛機

韓文	羅馬拼音	中文
확인	hwa gin	確認
비행기표	pi haeng gi pyo	機票
왕복 비행기표	wang bog pi haeng gi pyo	來回機票
편도 비행기표	pyeon do pi haeng gi pyo	單程機票
웨이팅	uei i ting	候補
일등석	il deung seog	頭等艙
비즈니스클라스	bi jeu ni seu keul la seu	商務艙
이코노믹클라스	i ko no mig keul la seu	經濟艙
흡연석	heu byeon seog	吸煙座位
금연석	keu myeon seog	禁煙座位
통로	tong no	走道
창가	chang ga	靠窗

탑승구	tab seung goo	登機門
탑승권	tab seung guon	登機證
여권	yeo guon	護照
입국신청	ib goog sin cheong	入境申請
비자	bi ja	簽證
재입국	jae ib goog	再入境
스튜어디스	seu tyoo eo di seu	空中小姐
스튜어드	seu tyoo eo deu	空少
구명 조끼	koo myeong jo ggi	救生衣
비상구	pi sang goo	緊急出口
산소마스크	san so ma seu keu	氧氣罩
이륙하다	i lyoo ka da	起飛
착륙하다	chang nyoo ka da	降落
좌석번호	jwa seog beo no	座位號碼
비행기멀미	pi haeng gi meol mi	暈機

구토주머니	koo to joo meo ni	嘔吐袋
몸이 불편하다	mo mi pool pyeo na da	不舒服
두통약	too tong yag	頭痛藥
위장약	ui jang yag	胃藥
진통제	jin tong jei	止痛藥
안전벨트	an jeon beil teu	安全帶
메다	mei da	繫上
풀다	pool da	解開
담요	ta myo	毛毯
베개	pei gae	枕頭
식판	sig pan	餐盤
식기	sig gi	餐具
목마르다	mong ma leu da	口渴
음료수	eum nyo soo	飲料
쥬스	jyoo seu	果汁

사이다	sa i da	汽水
끓인 물	ggeu lin mool	白開水
잡지	jab ji	雜誌
신문	sin moon	報紙
이어폰	i eo pon	耳機
포커	po keo	撲克牌
신고하다	sin go ha da	申報

▲圖片提供／韓國觀光公社

외화	oi hwa	**外幣**
화장실 가다	hwa jang sil ka da	上廁所
화장실	hwa jang sil	**洗手間**
사용중	sa yong joong	**使用中**

● 出入境須知

　　持台灣護照到韓國觀光，可免簽證在韓國停留 90 天。入境韓國時，需提交出入境卡及海關申報單，空白資料會在飛機上發給觀光客。此外，在出境時，會察看入境時填寫的另一聯出入境卡，所以，在韓國停留期間，應小心保管。

　　到韓國可採用搭乘飛機或搭船的方式，搭飛機是從仁川國際機場入境，搭船則由釜山港入境。

　　韓國新建設的「仁川國際機場」，距離首爾市中心約 45 公里，於 2001 年初正式開航。新機場的特色在於周圍無噪音源影響，並採 24 小時營運，是韓國第一大民用機場。原金浦國際機場則作為專門用作國內航線機場。

버스
beo seu

公車

韓文	羅馬拼音	中文
운전사	oon jeon sa	司機
차표	cha pyo	車票
잔돈	jan don	零錢
표를 사다	pyo leul sa da	買票
성인표	seong in pyo	成人票
아동표	a dong pyo	兒童票
좌석	jwa seog	座位
경로석	kyeong no seog	博愛座
승차하다	seung cha ha da	上車
하차하다	ha cha ha da	下車
승객	seung gaeg	乘客
하차벨	ha cha beil	下車鈴

하차버튼	ha cha beo teun	下車按鈕
정류장	jeong nyoo jang	站牌
손잡이	son ja bi	手拉環
정차하다	jeong cha ha da	停車
긴급브레이크	kin geub beu lei i keu	緊急煞車
종점	jong jeom	終點站

▲圖片提供／韓國觀光公社

택시
taeg si

計程車

韓文	羅馬拼音	中文
택시정류장	taeg si jeong nyoo jang	計程車招呼站
콜택시	kol taeg si	預約計程車
일반택시	il ban taeg si	普通計程車
모범택시	mo beom taeg si	模範計程車
승차장	seung cha jang	搭乘處
빈차	pin cha	空車
합승	hab seung	共乘
출발지	chool bal ji	起程
목적지	mog jeog ji	目的地
주소	joo so	地址
메타	mei ta	碼錶
메타제	mei ta jei	跳表

交通篇

계산 방법	kyei san pang beob	計算方法
기본요금	ki bo nyo geum	基本費
서비스요금	seo bi seu yo geum	服務費
야간서비스요금	ya gan seo bi seu yo geum	夜間服務費
거슬러 주다	keo seul leo joo da	找錢
영수증	yeong soo jeung	收據
앞	ap	前面
뒤	tui	後面
좌회전	jwa hoi jeon	左轉
우회전	oo hoi jeon	右轉
지나다	ji na da	走過頭
멀다	meol da	遠
가깝다	ka ggab da	近
좌	jwa	左
우	oo	右

분실하다	poon si la da	遺失
우산	oo san	雨傘
손가방	son ga bang	手提包
노트	no teu	筆記本
핸드폰	haen deu pon	行動電話
돈지갑	ton ji gab	錢包

模範計程車

　　韓國首爾的計程車分為四種，一般計程車；模範計程車；國際計程車；大型計程車。國際計程車最適合觀光客，車身顏色是橘色，車資比一般計程車貴一些。一般計程車起跳價，約為 3,000 韓元，折合台幣約 89 元，比台灣貴一點。司機至少會講中、英、日其中一種，也不會讓不相識的陌生人共乘，但是費用也相對較高。

　　國際計程車，有提供接機、包車服務，但是這類計程車是要先上網或電話預約，不是路邊隨手一招就會停的。

배
pae

船

MP3-33

韓文	羅馬拼音	中文
매표소	mae pyo so	售票處
시간표	si gan pyo	時刻表
출발시간	chool bal si gan	開船時間
부두	poo doo	碼頭
방파제	pang pa jei	防波堤
등대	teung dae	燈塔
승선하다	seung seo na da	上船
하선하다	ha seo na da	下船
항로	hang no	航線；航路
선표	seon pyo	船票
갑판	kab pan	甲板
뱃머리	paen meo li	船頭

선박	seon bag	船舶
선창	seon chang	船艙
선장	seon jang	船長
선원	seo nuon	船員
모터보트	mo teo bo teu	汽艇
쾌속정	kuae sog jeong	快艇
기선	ki seon	輪船
정기 여객선	jeong gi yeo gaeg seon	郵輪
여객선	yeo gaeg seon	客輪
카페리	ka pei li	渡輪
화물선	hwa mool seon	貨輪

전철；기차

jeon cheol; ki cha

地下鐵；火車

MP3-34

韓文	羅馬拼音	中文
전철역입구	jeon cheo lyeo gib goo	地鐵入口
차표 자동판매기	cha pyo ja dong pan mae gi	自動售票機
표파는 곳	pyo pa neun kot	售票處
동전	tong jeon	硬幣
지폐	ji pyei	紙幣
가격표시	ka gyeog pyo si	價格顯示
투입구	too ib goo	投入口
구간버튼	koo gan beo teun	區段鈕
매표소	mae pyo so	售票處
가격표	ka gyeo pyo	價格表
정액권	jeong aeg guon	定額票
오천원	o cheo nuon	五千元

만원	ma nuon	一萬元
이만원	i ma nuon	兩萬元
플랫폼	peul laet pom	月台
위험하다	ui heo ma da	危險
뒤로 서다	tui lo seo da	退後
갈아타는 곳	ka la ta neun kot	轉乘處
~ 호선 전철을 타다	~ho seon jeon cheo leul ta da	搭乘～線地下鐵
1 호선	i lo seon	1 號線
2 호선	i ho seon	2 號線
8 호선	pa lo seon	8 號線
잘못 타다	jal mot ta da	搭錯車
색깔	saeg ggal	顏色
운행편수	oon haeng pyeon soo	班次
첫차	cheot cha	首班車
막차	mag cha	末班車

서울역	seo oo lyeog	首爾火車站
회현역	hoi hyeo nyeog	會賢洞站
동대문역	tong dae moo nyeog	東大門站
신설동역	sin seol dong yeog	新設洞站
충무로역	choong moo lo yeog	忠武路站
국철	koog cheol	國鐵
역무원	yeong moo uon	月台服務員
승무원	seung moo uon	車上服務員
보통열차	po tong yeol cha	普通車
쾌속열차	koae sog yeol cha	快車
특급열차	teug geub yeol cha	特快車
통일호	tong i lo	統一號 （韓國的普通車）
무궁화호	moo goong hwa ho	無窮花號 （韓國的快車）
새마을호	sae ma eu lo	新農村號 （韓國的特快車）

시간표	si gan pyo	時刻表
입석권	ib seog guon	站票
좌석표	jwa seog pyo	坐票
대기실	tae gi sil	候車室
정산실	jeong san sil	補票處
분실물센터	poon sil mool sein teo	遺失物品中心
메모판	mei mo pan	留言板
매점	mae jeom	販賣處
음료수	eum nyo soo	飲料
도시락	to si lag	便當

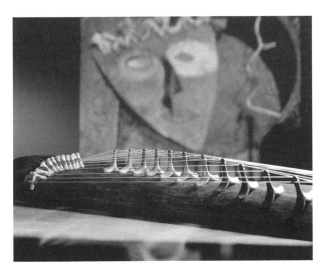

筆記欄

休閒活動篇

영화구경

yeong hwa goo gyeong

看電影

MP3-35

韓文	羅馬拼音	中文
극장	keug jang	電影院
영화	yeong hwa	電影
시대극	si dae geug	古裝片
현대극	hyeon dae geug	時裝片
코믹극	ko mig geug	喜劇片
공포영화	kong po yeong hwa	恐怖片
전쟁영화	jeon jaeng yeong hwa	戰爭片
액션영화	aeg syeo nyeong hwa	武打片（打鬥片）
애정영화	ae jeong yeong hwa	文藝愛情片
만화영화	ma nwa yeong hwa	卡通片
정치영화	jeong chi yeong hwa	政治片
테크노영화	tei keu no yeong hwa	科技片

비극	pi geug	悲劇
무언극	moo eon geug	默劇
추리극	choo li geug	推理片
캠퍼스영화	kaem peo seu yeong hwa	校園片
수상영화	soo sang yeong hwa	得獎片
다큐멘터리영화	ta kyoo mein teo li yeong hwa	紀錄片
칸 영화제	ka nyeong hwa jei	坎城影展
아카데미	a ka dei mi	奧斯卡金像獎
골든글로브상	kol deun geul lo beu sang	
홍보영화	hong bo yeong hwa	宣導片

▲圖片提供／韓國觀光公社

광고	kwang go	廣告
회	hoi	場次
조조영화	jo jo yeong hwa	早場
저녁영화	jeo nyeog yeong hwa	晚場
심야영화	si mya yeong hwa	午夜場
예매표	yei mae pyo	預售票
표를 예약하다	pyo leul yei ya ka da	事先訂票
매표원	mae pyo uon	售票員
표를 사다	pyo leul sa da	買票
두장	too jang	兩張
빈 자리	pin ja li	空位
만원	ma nuon	客滿
앞자리	ap ja li	前排
중간자리	joong gan ja li	中間
뒷자리	tuit ja li	後面

좌측	jwa cheug	左邊
우측	oo cheug	右邊
은막	eun mag	銀幕
자막	ja mag	字幕
개봉 상영	kae bong sang yeong	首映會
시사회	si sa hoi	試映會
방영시간	pang yeong si gan	片長
감독	kam dog	導演
제작	jei jag	製片
남자 주인공	nam ja joo in gong	男主角
여자 주인공	yeo ja joo in gong	女主角
남자 조연	nam ja jo yeon	男配角
여자 조연	yeo ja jo yeon	女配角
배우	pae oo	演員
장면	jang myeon	場景

야외 신	ya oi sin	外景
렌즈	lein jeu	鏡頭
성우	seong oo	配音員
배경음악	pae gyeong eu mag	配樂
원음	uo neum	原音
조용히	jo yong hi	保持安靜
금연	keu myeon	禁止吸煙
음식물 금지	eum sing mool keum ji	禁止飲食
외부음식 금지	oi boo eum sig keum ji	禁止外食
핸드폰사용 금지	haen deu pon sa yong keum ji	關掉手機
화장실	hwa jang sil	洗手間
비상구	pi sang goo	逃生門
출구	chool goo	出口
입구	ib goo	入口
좌석	jwa seog	座位

첫줄	cheot jool	第一排
세번째	sei beon jjae	第三個
통로	tong no jjog	靠走道
잘못 앉다	jal mo tan da	坐錯位子
쥬스	jyoo seu	果汁
팝콘	pab kon	爆米花
핫도그	hat do geu	熱狗
과자	kwa ja	餅乾
땅콩	ddang kong	花生
아이스크림	a i seu keu lim	冰淇淋

아이쇼핑
a i syo ping

逛街

MP3-36

韓文	羅馬拼音	中文
시내	si nae	市區
시외	si oi	郊區
주택지역	joo taeg ji yeog	住宅區
옷가게	ot ka gei	服飾店
유명 메이커점	yoo myeong mei i keo jeom	名牌店
일품 가게	il poom ka gei	精品店
구두점	koo doo jeom	鞋店
보석점	po seog jeom	珠寶店
시계점	si gyei jeom	手錶店
안경집	an gyeong jib	眼鏡行
문방구	moon bang goo	文具店
서점	seo jeom	書店

교보문고	kyo bo moon go	教保書店
종로서점	jong no seo jeom	鐘路書店
한약방	ha nyag bang	中藥店
백화점	pae kwa jeom	百貨公司
사무실빌딩	sa moo sil bil ding	辦公大樓
경찰국	kyeong chal goog	警察局
약국	yag goog	西藥房
우체국	oo chei goog	郵局
우체통	oo chei tong	郵筒
전화박스	jeo nwa bag seu	電話亭
꽃집	ggot jib	花店
커피숍	keo pi syob	咖啡廳
술집	sool jib	酒家
목욕탕	mo gyog tang	澡堂
레스토랑	lei seu to lang	西餐廳

패스트푸드점	pae seu teu poo deu jeom	速食店
분식점	poon sig jeom	小吃店
노점	no jeom	路邊攤
시장	si jang	市場
남대문시장	nam dae moon si jang	南大門市場
동대문시장	tong dae moon si jang	東大門市場
명동	myeong dong	明洞
전신주	jeon sin joo	電線桿
청신호	cheong sin ho	綠燈
육교	yoog gyo	天橋
지하도	ji ha do	地下道
버스정류장	beo seu jeong nyoo jang	公車站牌
공중전화	kong joong jeo nwa	公共電話
상점 간판	sang jeom kan pan	商店招牌
교통신호	kyo tong si no	交通號誌

횡단보도	hoing dan bo do	斑馬線
인도	in do	人行道
인파붐비다	in pa boom bi da	人潮擁擠
가두쇼	ka doo syo	街頭表演

▲圖片提供／韓國觀光公社

운동
oon dong

運動

MP3-37

韓文	羅馬拼音	中文
운동종목	oon dong jong mog	運動項目
농구	nong goo	籃球
야구	ya goo	棒球
축구	choog goo	足球
베드민턴	pei deu min teon	羽毛球
테니스	tei ni seu	網球
골프	kol peu	高爾夫球
미식축구	mi sig choog goo	橄欖球
탁구	tag goo	桌球
당구	tang goo	撞球
배구	pae goo	排球
볼링	pol ling	保齡球

스케이팅	seu kei i ting	溜冰
스키	seu ki	滑雪
조깅	jo ging	慢跑
마라톤경주	ma la ton gyeong joo	馬拉松賽跑
멀리뛰기	meol li ddui gi	跳遠
높이뛰기	no pi ddui gi	跳高
역도	yeog do	舉重
복싱	pog sing	拳擊
태권도	tae guon do	跆拳道
유도	yoo do	柔道
체조	chei jo	體操
수영	soo yeong	游泳
수중발레	soo jong bal lei	水中芭蕾
잠수	jam soo	潛水
파도타기	pa do ta gi	衝浪

다이빙	ta i bing	跳水
등산	teung san	登山
자동차 경주	ja dong cha kyeong joo	賽車

MP3-38

운동기구 ; 설비	oon dong gi goo, seol bi	運動器材 ; 設備
체육관	chei yoog gwan	體育館
실내	sil lae	室內
실외	si loi	戶外
운동장	oon dong jang	運動場
트랙	teu laeg	跑道
농구장	nong goo jang	籃球場
야구장	ya goo jang	棒球場
축구장	choog goo jang	足球場
골프장	kol peu jang	高爾夫球場

수영장	soo yeong jang	游泳池
공	kong	球
라켓	la keit	球拍
골프채	kol peu chae	高爾夫球桿
야구방망이	ya goo bang mang i	棒球棒
프로텍터	peu lo teig teo	護具
손목보호대	son mog bo ho dae	護腕
무릎보호대	moo leup bo ho dae	護膝
운동복	oon dong bog	運動服
스포츠화	seu po cheu hwa	球鞋
수영복	soo yeong bog	泳裝
수영모자	soo yeong mo ja	泳帽
물안경	mool an gyeong	蛙鏡
파도타기판	pa do ta gi pan	沖浪板
썰매	sseol mae	雪橇

休閒活動篇

경기관람	kyeong gi gwan lam	欣賞比賽
응원대	eung uon dae	啦啦隊
관중	kwan joong	觀眾
관중석	kwan joong seog	觀眾席
환호하다	hwa no ha da	歡呼
응원하다	eung uo na da	加油
재판	jae pan	裁判
운동 선수	oon dong seon soo	球員
팀	tim	球隊
선수	seon soo	選手
코치	ko chi	教練
스트라이크	seu teu la i keu	好球
볼	pol	壞球
홈런	hom neon	全壘打
단타	tan ta	短打

슬라이스	seul la i seu	殺球
아웃	a oot	出界
홀인	ho lin	進洞
득점	teug jeom	得分
골인	ko lin	得分 (足球類)
점수판	jeom soo pan	計分板
성적	seong jeog	成績
점수	jeom soo	分數
시간	si gan	時間
8 분 10 초	pal boon sib cho	八分十秒
거리	keo li	距離
100 미터	paeng mi teo	100 公尺
아웃	a oot	出局
반칙하다	pan chi ka da	犯規
프리드로	peu li deu lo	罰球

중간휴식	joong gan hyoo sig	中場休息
연장전	yeon jang jeon	延長賽
시작하다	si ja ka da	開始
끝나다	ggeun na da	結束
승리하다	seung ni ha da	勝利
실패하다	sil pae ha da	失敗
이기다	i gi da	贏
지다	ji da	輸
일등	il deung	第一名
이등	i deung	第二名
삼등	sam deung	第三名
금메달	keum mei dal	金牌
은메달	eun mei dal	銀牌
동메달	tong mei dal	銅牌

쇼 관람
syo kwan lam

看表演

MP3-40

韓文	羅馬拼音	中文
문화회관	moo nwa hoi gwan	文化會館
예술청	yei sool cheong	藝術廳
극장	keug jang	劇場
영화관	yeong hwa gwan	戲院
문화센터	moo nwa sein teo	文化中心
노천극장	no cheon geug jang	露天劇場
음악회	eu ma koi	音樂會
피아노	pi a no	鋼琴
바이올린	pa i ol lin	小提琴
첼로	cheil lo	大提琴
관현악	kwa nyeo nag	管弦樂
금관악	keum gwa nag	銅管樂

타악	ta ag	打擊樂
교향악	kyo hyang ag	交響樂
행진곡	haeng jin gog	進行曲
반주	pan joo	伴奏
지휘	ji hui	指揮
악대	ag dae	樂隊
리듬	li deum	節奏
고음	ko eum	高音
중음	joong eum	中音
저음	jeo eum	低音
화성	hwa seong	和聲
전통음악	jeon tong eu mag	傳統音樂
서양음악	seo yang eu mag	西洋音樂
전통무용	jeon tong moo yong	傳統舞蹈
민속무용	min song moo yong	民俗舞蹈

탈춤	tal choom	假面具表演
판소리	pan so li	韓式說唱
민요	mi nyo	民謠
국악	koo gag	國樂
무술	moo sool	武術
오페라	o pei la	歌劇
뮤지컬	myoo ji keol	歌舞劇
연극	yeon geug	舞台劇
연극	yeon geug	話劇
무언극	moo eon geug	默劇
무대	moo dae	舞台
조명	jo myeong	燈光
도구	to goo	道具
무대 배경	moo dae pae gyeong	布景
대화	tae hwa	對白

커튼 콜에 답례하다	keo teun ko lei tam nyei ha da	謝幕
재미있다	jae mi itt da	好看
훌륭하다	hool lyoong ha da	精彩
재미없다	jae mi eob da	無聊
콘서트	kon seo teu	演唱會
합창	hab chang	合唱
솔로	sol lo	獨唱
반주없이 노래하다	pan joo eob si no lae ha da	清唱
로큰롤	lo keun lol	搖滾
클래식	keul lae sig	古典
팝송	pab song	流行音樂
노래	no lae	歌曲
앙코르	ang ko leu	安可
백댄싱	paeg daen sing	配舞
댄싱파트너	taen sing pa teu neo	舞伴

● 傳統舞蹈

　　韓國有許多傳統的藝術表演，諸如：各式的說唱藝術、音樂演奏、舞蹈表演等。韓國的傳統音樂可分為：屬於上流社會的「正樂」，與代表民間音樂的「俗樂」。「四物」是指，利用四種打擊樂器，如：鑼、小鑼、長鼓、圓鼓等，所演奏出來的音樂。

　　至於傳統舞蹈則分為六種：薩滿教舞蹈、佛教舞蹈、儒家舞蹈、宮廷舞蹈、民間舞蹈和假面具舞。

　　韓國傳統假面具舞還細分為河回假面舞、鳳山假面舞，內容類似。有的假面具舞是為了祈求農作物豐收，有的是為了諷刺貴族的濫用權勢。

★首爾傳統民俗露天劇場

　　首爾傳統民俗表演場會安排各種韓國的民俗及傳統戲曲舞蹈，包括：四物、話劇、民俗雜耍等，環形戶外舞台可容納1300個座位。

　　位置：首爾特別市松坡區三學士路 136（蠶室洞）

　　交通：首爾地鐵 2、8 號線蠶室站 3 號出口

休閒活動篇

147

전시회 관람
jeon si hoi kwan lam

看展覽

韓文	羅馬拼音	中文
그림 전시회	keu lim jeon si hoi	畫展
미술전	mi sool jeon	美術展
유화	yoo hwa	油畫
수채화	soo chae hwa	水彩畫
스케치	seu kei chi	素描
인상파	in sang pa	印象派
추상파	choo sang pa	抽象派
서양화	seo yang hwa	西洋畫
국화	koo kwa	國畫
서예전	seo yei jeon	書法展
사진전	sa jin jeon	攝影展
도자기전	to ja gi jeon	陶瓷器展

●陶瓷

陶瓷是韓國著名的藝術品之一，韓國獨特的陶瓷鑲嵌技術與精緻的花紋，燒製成曲線完美的翡翠色高麗青瓷。高麗青瓷需先在瓷胚雕上花紋，在雕妥的紋路上，填上新的泥釉，燒焙前將多餘

▲圖片提供／韓國觀光公社

的泥釉由上而下剝刮，此過程需重複製作，所以，稱為鑲嵌技術。

　韓國京畿道的利川市向來以陶瓷聞名，利川陶藝村是著名的觀光景點，這裡盛產適合製作陶器的泥土、木頭及不含礦物的水源，提供了發展清瓷的最佳環境。

休閒活動篇

텔레비전 보기

teil lei bi jeon po gi

看電視

MP3-42

韓文	羅馬拼音	中文
가요프로그램	ka yo peu lo geu laem	歌唱節目
연속극	yeon sog geug	連續劇
뉴스	nyoo seu	新聞
아침뉴스	a chim nyoo seu	晨間新聞
정오뉴스	jeong o nyoo seu	午間新聞
저녁뉴스	jeo nyeong nyoo seu	晚間新聞
경제프로그램	kyeong jei peu lo geu laem	財經節目
여행프로그램	yeo haeng peu lo geu laem	旅遊節目
요리프로그램	yo li peu lo geu laem	美食節目
아동프로그램	a dong peu lo geu laem	兒童節目
만화영화	ma nwa yeong hwa	卡通影片
운동경기	oon dong gyeong gi	體育競賽

미니 시리즈	mi ni si li jeu	影集
외화 시리즈	oi hwa si li jeu	外國影集
사회자	sa hoi ja	主持人
인기	in gi	人氣（知名度）
순위표	soo nui pyo	排行榜
광고	kwang go	廣告
프로그램표	peu lo geu laem pyo	節目表
끝	ggeut	結束
채널	chae neol	頻道
리모컨	li mo keon	遙控器

음악 감상
eu mag gam sang

聽音樂

MP3-43

韓文	羅馬拼音	中文
음향	eu myang	音響
첫곡	cheot gog	第一首
넷째곡	neit jjae gog	第四首
타이틀곡	ta i teul gog	主打歌
방송하다	pang song ha da	選播
카세트	ka sei teu	卡帶
레코드	lei ko deu	唱片
시디	si di	雷射唱片（CD）
인기 가수	il gi ka soo	偶像歌手
프로듀서	peu lo dyoo seo	製作人
작곡자	jag gog ja	譜曲者
작사자	jag sa ja	作詞者

레코드 제작사	lei ko deu jei jag sa	唱片公司
레코드 가게	lei ko deu ka gei	唱片行
영화오리지날 테이프	yeong hwa o li ji nal tei i peu	電影原聲帶
새 앨범	sae ael beom	新專輯
인기 앨범	in gi ael beom	暢銷專輯
유행가	yoo haeng ga	流行歌曲
경음악	kyeong eu mag	輕音樂
고전음악	ko jeo neu mag	古典音樂
록음악	lo geu mag	搖滾歌曲
댄스곡	taen seu gog	舞曲
알엔비	a lein bi	抒情
경쾌하다	kyeong koae ha da	輕快
신곡	sin gog	新歌
옛곡	yeit gog	老歌
개편곡	kae pyeon gog	翻唱歌

한국노래	han goong no lae	韓語歌
영어노래	yeong eo no lae	英語歌
중국노래	joong goong no lae	中文歌
광동노래	kwang dong no lae	廣東歌
일본노래	il bon no lae	日本歌
가사	ka sa	歌詞
사진	sa jin	照片
선전포스터	seon jeon po seu teo	宣傳海報

▲圖片提供／韓國觀光公社

家居生活篇

. . . .

우리집
oo li jib

我的家

家居生活篇

韓文	羅馬拼音	中文
아파트	a pa teu	公寓
빌딩	bil ding	大廈
단독주택	tan dog joo taeg	平房
별장	pyeol jang	別墅
화원	hwa uon	花園
꽃을 심다	ggo cheul sim da	種花
나무 가꾸다	na moo ka ggoo da	修樹
풀을 깎다	poo leul ggagg da	剪草
풀을 뽑다	poo leul bbob da	拔草
저수지	jeo soo ji	水池
못	mot	魚池
베란다	pei lan da	陽台

정원	jeong uon	庭園
계단	kyei dan	樓梯
차고	cha go	車庫
굴뚝	kool ddoog	煙囱
문패	moon pae	門牌
우편함	oo pyeo nam	信箱
벨	beil	門鈴
창	chang	窗戶
대문	tae moon	大門
현관	hyeon gwan	玄關
발판	pal pan	腳踏墊
거실	keo sil	客廳
카페트	ka pei teu	地毯
마루	ma loo	地板
대리석마루	tae li seong ma loo	大理石地板

타일	ta il	磁磚
벽지	pyeog ji	壁紙
벽	pyeog	牆壁
천장	cheon jang	天花板
수족관	soo jog gwan	水族箱
안방	an bang	主臥室
침실	chim sil	臥室
침대	chim dae	床
온돌	on dol	炕
그림틀	keu lim teul	畫框
장식품	jang sig poom	裝飾品
포스터	po seu teo	海報
원룸	uol loom	套房
서재	seo jae	書房
사랑방	sa lang bang	客房

식당	sig dang	餐廳
부엌	poo eok	廚房
싱크대	sing keu dae	流理台
수도꼭지	soo do ggog ji	水龍頭
가스렌지	ka seu lein ji	瓦斯爐
환풍기	hwan poong gi	排油煙機
욕실	yog sil	浴室
욕조	yog jo	浴缸
세면대	sei myeon dae	洗臉台
변기	pyeon gi	馬桶
노즐	no jeul	蓮蓬頭

韓國傳統的草屋茅舍已不多見，但是以傳統樣式建築的韓式瓦屋仍然存在，被稱為韓屋，但屋內則多已改現代設備。傳統住宅的主要建材是泥土和木頭，屋頂是瓦片，房子用木樁支撐。

韓屋具有 2 大魅力，一為特有的地暖系統「暖炕」；另一為，在於親近大自然。「暖炕」是韓國冬季禦寒不可或缺的屋內設施。

▲圖片提供／韓國觀光公社

★『韓國民俗村』內有韓國各道的農家、民宅、寺院、市場、兩班（貴族）住宅及官廳等大小 200 餘棟古建築物。村內還有傳統婚禮儀式、農樂的表演，到韓國民俗村參觀，彷彿親歷朝鮮時代農村舊有的面貌。

位置： 畿道龍仁市器興邑甫羅里 107

交通：國鐵水原站

★禮智院

『禮智院』是專門傳授韓國傳統禮俗的文化中心，課程內容包括：韓服的正確穿著方法、製作泡菜的過程、民俗舞蹈、以及傳統禮儀等。授課時間約一到二小時，可接受旅客報名參加。

位置：首爾市中區獎忠洞二街山 5-19

交通：地鐵三號線東大入口站下車

어머니의 하루
eo meo ni eui ha loo

媽媽的一天

主婦

韓文	羅馬拼音	中文
아침	a chim	早上
일어나다	i leo na da	起床
눈 뜨다	noon ddeu da	睜開眼睛
눈 감다	noon kam da	閉上眼睛
기지개 켜다	ki ji gae kyeo da	伸懶腰
하품하다	ha poo ma da	打哈欠
알람시계	al lam si gyei	鬧鐘
늦잠 자다	neut jam ja da	賴床
일찍 일어나다	il jjig i leo na da	早起
늦게 일어나다	neut gei i leo na da	晚起
이불을 정리하다	i boo leul jeong ni ha da	折被（疊被）
이를 닦다	i leul tagg da	刷牙

家居生活篇

161

양치질하다	yang chi ji la da	漱口
세수하다	sei soo ha da	洗臉
머리를 빗다	meo li leul pit da	梳頭
빗	pit	梳子
화장하다	hwa jang ha da	化妝
옷을 입다	o seul ib da	換衣服

MP3-46

요리하기	yo li ha gi	烹飪
시장 보다	si jang po da	買菜
바구니	pa goo ni	菜籃
쌀을 씻다	ssa leul ssit da	洗米
밥을 짓다	pa beul jit da	煮飯
채소를 씻다	chae so leul ssit da	洗菜
식칼	sig kal	菜刀

도마	to ma	切菜板
국을 끓이다	koo geul ggeu li da	熬湯
찌다	jji da	蒸
삶다	sam da	煮
볶다	pogg da	炒
튀기다	tui gi da	炸
지지다	ji ji da	煎
굽다	koob da	烤
비비다	pi bi da	涼拌
절이다	jeo li da	醃

MP3-47

가사 돌보기	ka sa tol bo gi	做家事
앞치마	ap chi ma	圍裙
마스크	ma seu keu	口罩

스카프	seu ka peu	頭巾
설거지하다	seol geo ji ha da	洗碗
청소하다	cheong so ha da	掃地
빗자루	pit ja loo	掃把
삼태기	sam tae gi	畚箕
털이개	teo li gae	雞毛撢子
마루를 청소하다	ma loo leul cheong so ha da	拖地
행주	haeng joo	抹布 (廚房用)
걸레	keol lei	抹布 (掃除用)
대걸레	tae geol lei	拖把
물통	mool tong	水桶
창을 닦다	chang eul dagg da	擦窗戶
유리	yoo li	玻璃
목판	mog pan	木板
망사문	mang sa moon	紗門

모기창	mo gi chang	紗窗
닦다	dagg da	擦拭
씻다	ssit da	刷洗
때	ddae	污垢
먼지	meon ji	灰塵
정리하다	jeong ni ha da	收拾；整理
가지런히 정리하다	ka ji leo ni jeong ni ha da	整齊
어지럽다	eo ji leob da	雜亂
빨래를 빨다	bbal lae leul bbal da	洗衣服
깨끗하다	ggae ggeu ta da	乾淨
더럽다	teo leob da	骯髒的
젖은	jeo jeun	濕的
마른	ma leun	乾的
옷을 말리다	o seul mal li da	曬衣服
빨래대	bbal lae dae	曬衣架

빨래집게	bbal lae jib gei	曬衣夾子
옷을 접다	o seul jeob da	折衣服
옷을 다리다	o seul ta li da	燙衣服
주름	joo leum	縐摺
다리미	ta li mi	熨斗
다림질판	ta lim jil pan	燙衣架
빨래 바구니	bbal lae pa goo ni	換洗衣物籃

MP3-48

목욕	mo gyog	洗澡
머리를 감다	meo li leul kam da	洗頭
목욕하다	mo gyo ka da	洗澡
등을 밀다	teung eul mil da	擦背
안마하다	an ma ha da	按摩
씻다	ssit da	沖洗

샤워하다	sya uo ha da	淋浴
목욕탕	mo gyog tang	公共澡堂
열탕	yeol tang	熱水池
냉탕	naeng tang	冷水池
온탕	on tang	溫水池
사우나실	sa oo na sil	蒸汽室
체중계	chei joong gyei	體重計
탈의실	ta leui sil	更衣室

나의 가족

na eui ka jog

我的家族

韓文	羅馬拼音	中文
할아버지	ha la beo ji	爺爺
할머니	hal meo ni	奶奶
외할아버지	oi ha la beo ji	外公
외할머니	oi hal meo ni	外婆
아버지	a beo ji	爸爸
어머니	eo meo ni	媽媽
큰 아버지	keu na beo ji	伯父
큰 어머니	keu neo meo ni	伯母
삼촌	sam chon	叔父
숙모	soong mo	嬸嬸
고모	ko mo	姑母
고모부	ko mo boo	姑丈；姑父

이모	i mo	阿姨
이모부	i mo boo	姨父
외삼촌	oi sam chon	舅舅
외숙모	oi soong mo	舅媽
형	hyeong	哥哥（男用）
오빠	o bba	哥哥（女用）
누나	noo na	姊姊（男用）
언니	eon ni	姊姊（女用）
남동생	nam dong saeng	弟弟
여동생	yeo dong saeng	妹妹
사촌 형	sa chon hyeong	堂哥（男用）
사촌 오빠	sa cho no bba	堂哥（女用）
사촌 누나	sa chon noo na	堂姐（男用）
사촌 언니	sa cho neon ni	堂姐（女用）
사촌 남동생	sa chon nam dong saeng	表弟

家居生活篇

사촌 여동생	sa cho nyeo dong saeng	表妹
아들	a deul	兒子
딸	ddal	女兒
손자	son ja	孫子
친조카	chin jo ka	姪子
외조카	oi jo ka	外甥

學校篇

등교
teung gyo

上學

MP3-50

韓文	羅馬拼音	中文
유치원	yoo chi uon	幼稚園
등학교	cho deung hag gyo	小學
중학교	joong hag gyo	中學
고등학교	ko deung hag gyo	高中
대학교	tae hag gyo	大學
대학원	tae hag uon	研究所
석사과정	seog sa gwa jeong	碩士班
박사과정	pag sa gwa jeong	博士班
교장	kyo jang	校長（高中以下學校）
총장	chong jang	總長（大學校長）
교수	kyo soo	教授
조교	jo gyo	助教

學校篇

강사	kang sa	講師
선생님	seon saeng nim	老師
동창	tong chang	同學
학생	hag saeng	學生
반장	pan jang	班長
부반장	poo ban jang	副班長
간부	kan boo	幹部
학생증	hag saeng jeung	學生證
규찰대	kyoo chal dae	糾察隊
학과	hag gwa	科系
전공	jeon gong	主修
국어	koo geo	國語課
수학	soo hag	數學課
영어	yeong eo	英語課
사회	sa hoi	社會課

자연	ja yeon	自然課
미술	mi sool	美術課
음악	eu mag	音樂課
체육	chei yoog	體育課
컴퓨터	keom pyoo teo	電腦課
공예	kong yei	勞作課
조회	jo hoi	朝會
국기 게양식	koog gi kei yang sig	升旗典禮
아침 자습시간	a chim ja seub si gan	早自習
수업하다	soo eo pa da	上課
수업을 마치다	soo eo beul ma chi da	下課
점심 휴식시간	jeom sim hyoo sig si gan	午休
청소하다	cheong so ha da	打掃
방과하다	pang gwa ha da	放學
교과서	kyo gwa seo	課本

공책	kong chaeg	筆記本
숙제	soog jei	回家作業
시합	si hab	比賽
청결시합	cheong gyeol si hab	整潔比賽
작문시합	jang moon si hab	作文比賽
웅변대회	oong byeon dae hoi	演講比賽
원유회	uo nyoo hoi	園遊會
운동회	oon dong hoi	運動會
서클	seo keul	社團
여름방학	yeo leum bang hag	暑假
겨울방학	kyeo ool bang hag	寒假
공부하다	kong boo ha da	看書
시험보다	si heom bo da	考試

● 教育制度

　　韓國的教育制度與台灣相同，小學讀六年、國中讀三年、高中讀三年、大學讀四年。韓國學生升大學也是要參加聯考，其競爭的程度不下台灣過去的聯考制度。每年，韓國大約只有 2% 的學生能擠進大學窄門，這是晉升上層階級社會的「通行證」。

　　韓國父母，投資子女補習費非常高昂，平均每月在小孩教育上的花費約 8000 台幣左右。

　　而隨著中韓貿易的頻繁，韓國學生到台灣學習中文的人，有逐漸增加的趨勢；台灣到韓國遊學、留學、工作的人，也不少。

캠퍼스
kaem peo seu

校園

韓文	羅馬拼音	中文
총장실	chong jang sil	校長室
교사실	kyo sa sil	教師室
지도실	ji do sil	輔導室
교실	kyo sil	教室
칠판	chil pan	黑板
백판	paeg pan	白板
칠판 지우개	chil pan ji oo gae	板擦
분필	poon pil	粉筆
보드 마커	po deu ma keo	白板筆
강단	kang dan	講台
교탁	kyo tag	講桌
컴퓨터교실	keom pyoo teo gyo sil	電腦教室

본체	pon chei	主機
서버	seo beo	伺服器
모니터	mo ni teo	螢幕
마우스	ma oo seu	滑鼠
마우스깔개	ma oo seu ggal gae	滑鼠墊
키보드	ki bo deu	鍵盤
스피커	seu pi keo	喇叭
프린터	peu lin teo	印表機
스캐	seu kae neo	掃瞄機
모뎀	mo deim	數據機
인터넷	in teo neit	網路
사이트	sa i teu	網站
포탈 사이트	po tal sa i teu	入口網站
찾기	chat gi	搜尋
바이러스	pa i leo seu	病毒

전자메일	jeon ja mei il	電子郵件
디스켓	ti seu keit	磁片
시디	si di	光碟片
소프트웨어	so peu teu uei eo	軟體
온라인게임	on la in gei im	線上遊戲
실험실	si leom sil	實驗室
대강당	tae gang dang	禮堂
도서관	to seo gwan	圖書館
열람구역	yeol lam goo yeog	閱讀區
도서대여구역	to seo dae yeo goo yeog	借書區
시청각교실	si cheong gag gyo sil	視聽教室
도서대출증	to seo dae chool jeung	借書證
대여하다	tae yeo ha da	外借
반환하다	pan hwa na da	歸還
대여기한초과	tae yeo gi han cho gwa	逾期

경비실	kyeong bi sil	警衛室
구내매점	koo nae mae jeom	福利社
식당	sig dang	餐廳
운동장	oon dong jang	操場
미끄럼대	mi ggeu leom dae	溜滑梯
기숙사	ki soog sa	宿舍
정자	jeong ja	涼亭
게시판	kei si pan	公佈欄
행랑	haeng nang	走廊
복도	pog do	走道
계단	kyei dan	樓梯
엘리베이터	eil li bei i teo	電梯

上班篇

회사조직
hoi sa jo jig

公司組織

韓文	羅馬拼音	中文
회장	hoi jang	董事長
사장	sa jang	總經理
부장	poo jang	經理
과장	kwa jang	課長
주임	joo im	主任
조장	jo jang	組長
동료	tong nyo	同事
직원	ji guon	職員
비서	pi seo	秘書
업무부	eom moo boo	業務部
기획부	ki hoig boo	企畫部
회계부	hoi gyei boo	會計部

上班篇

판촉부	pan chog boo	行銷部
홍보부	hong bo boo	公關部
연구개발부	yeon goo gae bal boo	研究開發部
공장	kong jang	工廠
창고	chang go	倉庫
전매점	jeon mae jeom	門市

직장환경
jig jang hwan gyeong

工作環境

韓文	羅馬拼音	中文
사무실	sa moo sil	辦公室
회의실	hoi eui sil	會議室
대접실	tae jeob sil	會客室
부엌	poo eok	茶水間
휴게실	hyoo gei sil	休息室
복사실	pog sa sil	影印室
복사기	pog sa gi	影印機
팩시밀리	paeg si mil li	傳真機
문서절단기	moon seo jeol dan gi	碎紙機
정각	jeong gag	準時
지각	ji gag	遲到

上班篇

회의를 열다	hoi eui leul yeol da	開會
거래처를 방문하다	keo lae cheo leul pang moon ha da	拜訪客戶
보고서를 작성하다	po go seo leul jag seong ha da	打報告
결산하다	kyeol sa na da	結算

▲圖片提供／韓國觀光公社

직업

ji geob

職業

MP3-54

韓文	羅馬拼音	中文
회계사	hoi gyei sa	會計師
변호사	pyeo no sa	律師
법관	peob gwan	法官
검찰관	keom chal gwan	檢察官
경찰	kyeong chal	警察
교통경찰	kyo tong gyeong chal	交通警察
소방대원	so bang dae uon	消防隊員
군인	koo nin	軍人
의사	eui sa	醫生
간호사	ka no sa	護士
약사	yag sa	藥劑師
우편집배원	oo pyeon jib bae uon	郵差

上班篇

기자	ki ja	記者
앵커맨	aeng keo maen	主播
방송디제이	pang song di jei i	電台 DJ
화가	hwa ga	畫家
작가	jag ga	作家
주방장	joo bang jang	廚師
식당종업원	sig dang jong eo buon	餐廳服務員
세일즈맨	sei il jeu maen	推銷員
엔지니어	ein ji ni eo	工程師
건축사	keon choog sa	建築師
노동자	no dong ja	工人
농부	nong boo	農夫
어부	eo boo	漁夫
회사원	hoi sa uon	公司職員
점원	jeo muon	店員

모델	mo deil	模特兒
디자이너	di ja i neo	服裝設計師
이발사	i bal sa	理髮師

은행에서
eun haeng ei seo

在銀行

INFORMATION

韓文	羅馬拼音	中文
현금인출기	hyeon geu min chool gi	提款機
안내대	an nae dae	服務台
카운터	ka oon teo	櫃臺
계좌를 만들다	kyei jwa leul man deul da	開戶
입금	ib geum	存錢
출금	chool geum	領錢
납부	nab boo	繳錢
이체	i chei	轉帳
대출	tae chool	借貸
저당	jeo dang	抵押
이자	i ja	利息
정기예금	jeong gi yei geum	定期存款

上班篇

외환	oi hwan	兌換外幣
미국달러	mi goog dal leo	美金
환율	hwa nyool	匯率
수수료	soo soo lyo	手續費
여권	yeo guon	護照
주민등록증	joo min deung nog jeung	身分證
인감	in gam	印章
운전면허증	oon jeon myeo neo jeung	駕駛執照
통장	tong jang	存摺
신용카드	si nyong ka deu	信用卡
현금카드	hyeon geum ka deu	金融卡
환어음	hwa neo eum	匯票
수표	soo pyo	支票
여행자수표	yeo haeng ja soo pyo	旅行支票
새 지폐	sae ji pyei	新鈔

헌 지폐	heon ji pyei	舊鈔
동전	tong jeon	硬幣
액면가	aeng myeon ga	**面值**
십원	si buon	十韓元
오십원	o si buon	五十韓元
이백원	i bae guon	二百韓元
삼천원	sam cheo nuon	三千韓元
사만원	sa ma nuon	四萬韓元

● 匯率、貨幣

　　外國駐韓的主要銀行，有美國、法國、德國、英國、中國、日本等，其他國家的銀行也有在韓國開設分行，不過家數不多。在韓國兌換如：美金或日元等外幣，需到有經營外幣兌換的銀行兌換。

　　韓國的貨幣單位是「元」，硬幣有 1、5、10、50、100、500 元，紙幣有 1000、5000、10000、50000 等面值，不過，1、5 元，今已少用。

　　韓國通用的信用卡有：VISA、MasterCard、Amex、Diners Club、JCB 等。

筆記欄

身體篇

. . . .

신체 각 부위
sin chei kag poo ui

身體各部位

MP3-56

韓文	羅馬拼音	中文
머리	meo li	頭
얼굴	eol gool	臉
이마	i ma	額頭
눈	noon	眼睛
눈썹	noon sseob	眉毛
속눈썹	song noon sseob	睫毛
코	ko	鼻子
콧구멍	kot goo meong	鼻孔
입	ib	嘴巴
입술	ib sool	嘴唇
이	i	牙齒
혀	hyeo	舌頭

身體篇

194

귀	kui	耳朵
목	mog	脖子
인후	i noo	喉嚨
어깨	eo ggae	肩膀
팔	pal	手臂
팔꿈치	pal ggoom chi	手肘
팔목	pal mog	手腕
손바닥	son ba dag	手掌
손가락	son ga lag	手指
손톱	son tob	指甲
가슴	ka seum	胸
허리	heo li	腰
등	deung	背
복부	pog boo	腹部
엉덩이	eong deong i	臀部

身體篇

허벅지	heo beog ji	大腿
무릎	moo leup	膝蓋
발	pal	小腿
다리	ta li	腳
발가락	pal ga lag	腳指頭
피부	pi boo	皮膚
폐	pyei	肺
심장	sim jang	心臟
위	ui	胃
장	jang	腸
신장	sin jang	腎臟
간장	kan jang	肝臟
혈액	hyeo laeg	血液
근육	keu nyoog	肌肉
뼈	bbyeo	骨頭

외모
oi mo

外觀

韓文	羅馬拼音	中文
긴 머리	kin meo li	長頭髮
단발 머리	tan bal meo li	短頭髮
곱슬머리	kob seul meo li	捲頭髮
대머리	tae meo li	光頭
염색머리	yeom saeg meo li	染髮
키	ki	身高
키가 크다	ki ga keu da	高
키가 작다	ki ga jag da	矮
몸무게	mom moo gei	體重
뚱뚱하다	ddoong ddoong ha da	胖
여위다	yeo ui da	瘦
튼튼하다	teun teu na da	健壯

身體篇

197

잘 생기다	jal saeng gi da	英俊
예쁘다	yei bbeu da	漂亮
귀엽다	kui yeob da	可愛

정서
jeong seo

情緒

韓文	羅馬拼音	中文
사랑하다	sa lang ha da	愛
좋아하다	jo a ha da	喜歡
기쁘다	ki bbeu da	高興
흥분하다	heung poo na da	興奮
행복하다	haeng bo ka da	幸福
기대하다	ki dae ha da	期待
그립다	keu lib da	想念
화내다	hwa nae da	生氣
분노하다	poon no ha da	憤怒
원망하다	uon mang ha da	恨；反感
밉다	mib da	討厭
질투하다	jil too ha da	嫉妒

身體篇

부럽다	poo leob da	羨慕
긴장하다	kin jang ha da	緊張
슬프다	seul peu da	悲傷
괴롭다	koi lob da	難過
우울하다	oo oo la da	憂鬱
고민하다	ko mi na da	煩惱
두렵다	too lyeob da	害怕
걱정하다	keog jeong ha da	擔心
압력받다	am nyeog bad da	壓力
수줍다	soo joob da	害羞
기쁘다	ki bbeu da	快樂
웃다	oot da	歡笑
대소하다	tae so ha da	大笑
미소짓다	mi so jit da	微笑

발병
pal byeong

生病

韓文	羅馬拼音	中文
열나다	yeol la da	發燒
두통	too tong	頭痛
기침	ki chim	咳嗽
콧물	kon mool	流鼻水
감기	kam gi	感冒
구토	koo to	嘔吐
변비	pyeon bi	便秘
설사	seol sa	腹瀉
배 아프다	pae a peu da	肚子痛
식중독	sig joong dog	食物中毒
심장병	sim jang byeong	心臟病
고혈압	ko hyeol ab	高血壓

身體篇

당뇨병	tang nyo byeong	糖尿病
천식	cheon sig	氣喘
삐다	bbi da	扭傷
골절	kol jeol	骨折
넘어지다	neo meo ji da	跌倒
교통사고	kyo tong sa go	車禍
치통	chi tong	牙齒痛
충치	choong chi	蛀牙
화상	hwa sang	燙傷
피가 흐르다	pi ga heu leu da	流血
근시	keun si	近視
원시	uon si	遠視

大自然篇

• • • • • • • • • • • • •

기후
ki hoo

氣候

韓文	羅馬拼音	中文
봄	pom	春
여름	yeo leum	夏
가을	ka eul	秋
겨울	kyeo ool	冬
무지개	moo ji gae	彩虹
번개	peon gae	閃電
천둥	cheon doong	打雷
구름	koo leum	雲
먹구름	meog goo leum	烏雲
바람	pa lam	風
태풍	tae poong	颱風
회오리	hoi o li	龍捲風

大自然篇

안개	an gae	霧
비	pi	雨
가랑비	ka lang bi	小雨
호우	ho oo	大雨
눈	noon	雪
서리	seo li	霜
맑은 날	mal geun nal	晴天
비오는 날	pi o neun nal	雨天
흐린 날	heu lin nal	陰天
장마	jang ma	天空
낮	nat	白天
밤	pam	晚上
덥다	teob da	熱
따뜻하다	dda ddeu ta da	暖和
시원하다	si uo na da	涼爽

| 춥다 | choob da | 寒冷 |
| 기온 | ki on | 氣溫 |

● 韓國氣候

　　韓國屬於溫帶氣候，四季分明。春季春暖花開，夏季炎熱潮濕，秋季秋高氣爽，冬季則寒冷乾燥。因此，在韓國，可以欣賞到各個季節的漂亮景致。而每年的六月到八月，是韓國的雨季，降雨量約佔全年降雨量的一半。

大自然篇

▲圖片提供／韓國觀光公社

천문
cheon moon

天文

韓文	羅馬拼音	中文
우주	oo joo	宇宙
지구	ji goo	地球
달	tal	月球
태양	tae yang	太陽
은하수	eu na soo	銀河
행성	haeng seong	行星
별	pyeol	星星
유성	yoo seong	流星
혜성	hyei seong	彗星
일식	il sig	日蝕
월식	uol sig	月蝕
대기층	tae gi cheung	大氣層

大自然篇

적도	jeog do	赤道
북극	poog geug	北極
남극	nam geug	南極
우주선	oo joo seon	太空船
위성	ui seong	衛星
물병자리	mool byeong ja li	水瓶座
백양자리	pae gyang ja li	牡羊座
게자리	kei ja li	巨蟹座
쌍둥이자리	ssang doong i ja li	雙子座
물고기자리	mool go gi ja li	雙魚座
황소자리	hwang so ja li	金牛座
사자자리	sa ja ja li	獅子座
천칭자리	cheon ching ja li	天秤座
처녀자리	cheo nyeo ja li	處女座
사수자리	sa soo ja li	射手座

| 전갈자리 | jwon gal ja li | 天蠍座 |
| 염소자리 | yeom so ja li | 摩羯座 |

자연경관
ja yeon gyeong gwan

自然景觀

MP3-62

韓文	羅馬拼音	中文
산	san	山
산꼭대기	san ggog dae gi	山頂
산골짜기	san gol jja gi	山谷
동굴	tong gool	山洞
평원	pyeong uon	平原
분지	poon ji	盆地
바다	pa da	海洋
파도	pa do	海浪
하천	ha cheon	河流
호수	ho soo	湖
폭포	pog po	瀑布
섬	seom	島

사막	sa mag	沙漠
오아시스	o a si seu	綠洲
소택지	so taeg ji	沼澤

●韓國地形

　　韓國位於亞洲的東北方，是一個半島國家，韓國的西北部銜接中國大陸的東北部，北以鴨綠江和豆滿江為國界，向東南方向伸展。朝鮮半島南北長約一千公里，東西最短距離為二一六公里，總面積為二十二萬平方公里。

　　韓國的國土山地和丘陵佔總面積的 70%，東北部的地形較陡峭多高山地形，韓國諸多著名的風景便在此區，如：江原道的雪嶽山國家公園、五台山國家公園等，都在韓國的東北部。韓國的西南部則是一遍平原，為韓國的穀倉。

▲圖片提供／韓國觀光公社

大自然篇

식물

sing mool

植物

韓文	羅馬拼音	中文
나무	na moo	樹木
나뭇잎	na moon nip	樹葉
나뭇가지	na moot ga ji	樹枝
과실	kwa sil	果實
씨앗	ssi at	種子
꽃	ggot	花
꽃봉오리	ggot bong o li	花苞
화밀	hwa mil	花蜜
꽃가루	ggot ga loo	花粉
잎	ip	葉子
꽃이 피다	ggo chi pi da	開花
풀	pool	草

大自然篇

국화	koo kwa	菊花
장미	jang mi	玫瑰花
백합	pae kab	百合
진달래	jin dal lae	杜鵑
개나리	kae na li	迎春花
선인장	seo nin jang	仙人掌
분재	poon jae	盆景

●韓國國花

韓國的國花是無窮花，學名木槿。木槿是錦葵目、錦葵科、木槿屬植物，又稱水錦花、白飯花、雞肉花、朝開暮落花。木槿是落葉灌木，冬季落葉，夏季開花。

▲圖片提供／韓國觀光公社

木槿花冠的顏色分為：淺藍紫色、粉紅色或白色，花瓣 5 片或為重瓣；雄蕊基部連合成筒包圍花柱；雌蕊花柱 5 條。

由於木槿的生命力強，所以，韓國人以它為國花，象徵韓國堅韌的民族性格。

동물

tong mool

動物

韓文	羅馬拼音	中文
개	kae	狗
강아지	kang a ji	小狗（雛狗）
고양이	ko yang i	貓
토끼	to ggi	兔子
말	mal	馬
망아지	mang a ji	小馬（雛馬）
사슴	sa seum	鹿
여우	yeo oo	狐狸
늑대	neug dae	狼
사자	sa ja	獅子
호랑이	ho lang i	老虎
코끼리	ko ggi li	大象

大自然篇

214

곰	kom	熊
원숭이	uon soong i	猴子
새	sae	小鳥
참새	cham sae	麻雀
제비	jei bi	燕子
송아지	song a ji	小牛
기린	ki lin	長頸鹿
펭귄	peing guin	企鵝

▲圖片提供／韓國觀光公社

國家圖書館出版品預行編目資料

躺著背韓語單字2000/朴永美, 林大君合著. -- 增
訂1版. -- 新北市：哈福企業有限公司, 2023.10
　面；　公分. -- (韓語系列；23)
ISBN 978-626-97451-8-0(平裝)
1.CST: 韓語　2.CST: 詞彙
803.22　　　　　　　　　　　112013634

免費下載QR Code音檔
行動學習，即刷即聽

躺著背韓語單字2000
（ 附QR Code 行動學習音檔)

合著／朴永美，林大君
責任編輯／Vivian Wang
封面設計／李秀英
內文排版／林樂娟
出版者／哈福企業有限公司
地址／新北市淡水區民族路110 巷38 弄7 號
電話／ (02) 2808-4587
傳真／ (02) 2808-6545
郵政劃撥／ 31598840
戶名／哈福企業有限公司
出版日期／ 2023 年 10 月
台幣定價／ 349 元 (附QR Code 線上MP3)
港幣定價／ 116 元 (附QR Code 線上MP3)
封面內文圖/ 取材自Shutterstock

全球華文國際市場總代理／采舍國際有限公司
地址／新北市中和區中山路2段366巷10號3樓
電話／(02) 8245-8786　　傳真／(02) 8245-8718
網址／www.silkbook.com 新絲路華文網

香港澳門總經銷／和平圖書有限公司
地址／香港柴灣嘉業街12 號百樂門大廈17 樓
電話／ (852) 2804-6687
傳真／ (852) 2804-6409
email ／ welike8686@Gmail.com
facebook ／ Haa-net 哈福網路商城

電子書格式：PDF